料理番 忘れ草

新・包丁人侍事件帖②

小早川 涼

角川文庫
19465

目　次

第一章　本文 ……… 7

第二章　大夫 ……… 94

第三章　變容する鹽鐵論 ……… 168

 ……… 254

登場人物一覧

鮎川惣介（あゆかわそうすけ）……江戸城御広敷御膳所台所人。将軍家斉の食事を作る御家人
　志織（しおり）……惣介の妻
　鈴菜（すずな）……惣介の長女
　小一郎（こいちろう）……惣介の長男
片桐隼人（かたぎりはやと）……惣介の幼馴染み。御家人。大奥の管理警護をする添番
　八重（やえ）……隼人の妻
　以知代（いちよ）……隼人の母
　仁（まさし）……隼人の長男
　信乃（しの）……隼人の長女
桜井雪之丞（さくらいゆきのじょう）……京から来た料理人。世継ぎ家慶の正室楽宮喬子の料理番
　睦月（むつき）……雪之丞と同居する京女
曲亭馬琴（きょくていばきん）……戯作者。『南総里見八犬伝』が人気を博す
滝沢宗伯（たきざわそうはく）……馬琴の息子。医師

第十一話⋯⋯魔法三重奏

水樹の魔法⋯⋯鍵盤人

第一話　半夏水

（一）

　文政六年（一八二三年）皐月十九日。

　鮎川惣介は、昼八つ（午後二時過ぎ）に台所人としての早番の役目を終え、江戸城の御広敷御膳所を後にした。後にして三歩と歩かぬうちに、今出てきた薪と出汁の匂いの中へ戻りたくなった。

　昨夜来の暴れ梅雨が、朝よりもさらに勢いを増して、表は篠突く雨と風。天水桶を次々ひっくり返して、横から力士千人が大団扇で扇いでいるかのような有様である。

　そもそもこんな土砂降りに出歩くなぞ、野暮の骨頂、たわけの手本だ。しかしながら、そこは宮仕えの辛いところ。

惣介は今朝も大雨の中、明け六つ過ぎ（午前四時半頃）には諏訪町の御台所組組屋敷を出た。十一代将軍、家斉公の朝餉の支度に間に合うためには、槍が降ろうが、小判が舞おうが、早朝登城なのである。

番傘は持たなかった。背中を押したかと思えば前から吹きつける風と横なぐりの雨では、傘など大して役に立たない。雨を含んだ竹の柄が重くて草臥れるばかり。値の張る物を風雨に壊されるのがおち。そう考えたからだ。

帰る頃には梅雨の晴れ間が――と当て込んでいたのだけれど、この体たらくだ。

天気の御台所御門は〈晴れ〉〈曇り〉どころか、〈小雨〉さえ在庫を切らしているらしい。どうにか御台所御門まで進んで、袴は股立ちを取って脛を表に出し、腰まで木綿の半合羽で被い、頭に笠を載せた。が、準備万端整えたところで、惣介はしばし立ち尽くした。

門を一歩出れば雨の蓋簀張りの中だ。食べることで鍛えた下半身が貫禄たっぷりの安定ぶりだから、風に飛ばされる不安はない。それでも踏み出すには覚悟がいった。

他の早番も同じ思いなのだろう。惣介より先に御膳所を出た若手の小石求馬や倉田安兵衛さえ、ざんざ降りをながめて二の足を踏んでいた。

「早番の者はさっさと下城せよ。この降りようでは諏訪町の組屋敷周辺は、出水に
やられるやもしれん。早う帰って、遅番の者の屋敷も面倒みてやれ」

いつの間にやって来たのか、御台所組頭——惣介の上役、おむすび顔の長尾清十
郎が耳元でわめいた。どやされて、小石求馬が走り出した。倉田安兵衛が後につづ
く。ここでおくれを取って、後々、腹のせり出した分、動きが鈍いのなんのと、話
の種にされてはつまらない。

思い切って足を出した途端、雨粒と一緒に長尾のガミガミ声が背中を叩いた。

「鮎川、飲み水の備え、炊き出しの支度、万端怠るな」

「承知いたしました」

見えぬを幸い、しかめっ面で声だけかしこまって返して、惣介は急ぎ足になった。

長尾の指図はもっともだ。が、惣介とて台所人になって十五年。言われなくても、
そのくらいはわかっていた。

御膳所の熱気ですっかり乾いていた半合羽が、みるみるうちに雨を吸って、ずし
りと重くなった。

江戸は幾筋もの川に囲われて、水害の多い所だ。火事は気をつけていれば防ぐこ

ともできるが、雨は天のご機嫌次第だから難しい。上流の新田開発で、沼を埋め立て山を裸にしたことも、仇をなしていた。

御台所組組屋敷のある小日向一帯も、しばしば洪水や浸水に見舞われる。低地で神田川、江戸川に挟まれているから、ひとたび上流の堤が切れればひとたまりもないのだ。

死者三千五百人あまりと、江戸開府以来、最大の被害を出した享保十三年(一七二八年)長月二日の洪水では、組屋敷のある武家地から大きな通りをふたつ隔てて西にある江戸川が氾濫。立慶橋、中之橋、石切橋など、かかっていた橋はすべて流失し、浸水は一丈二尺(約三メートル六十センチ)に達した。

組屋敷近くの水戸藩上屋敷周辺へは小石川台から激しい流れが一気に押し寄せ、二階長屋が水没した。逃げる間もなく濁流に呑まれて命を落とした者も多かった。

町屋ばかりでなく武家屋敷も同様で、脇差しで天井裏を突き破りどうにか屋根に逃れた逸話や、厩につながれたまま溺死した馬の哀話が、今に語り継がれている。

幕府と諸藩が長年にわたって堤防を築き川幅を広くするなど治水に努めた結果、出水の頻度は減り、規模も小さくなっている。それでも長雨や大雨のときには、浸水は避けられない。橋が流され、崖が崩れ、人死にも起きる。

洪水の際、城中並びに市中の通りや橋それに河岸の手当は、作事方と小普請方が受け持つ。

被災した町人の救助は町奉行所の役目で、風雨の中で救助船を出し、町奉行が陣頭指揮を執る。水が引いたあと、町名主を通して食べ物を配り米や銭を支給するのは、町奉行所の役目だし、伝染病予防も町方の仕事だ。

浸水がひどければ、上水井戸に汚れた水が流れ込む。煮炊きができなくなるだけに止まらず、流行り病の引き金ともなる難事だ。

城中の御膳を一手に掌る台所方としても、米も水も出水にやられました、では格好がつかない。しっかり備えを固め、汚水にさらされていない食糧を確保して、炊き出しに提供できてこそ面目も立つ。長尾が惣介に怒鳴って寄越したのは、そのことだった。

（井戸に蓋がしてあるか。蓋にひびがないか。まずそれを確かめねばならん。それから米櫃を天井裏に上げる。飯も炊いておかねば——）

浸水を防ぐため、総門の周辺と各屋敷の門に、土を詰めた叺（土嚢）を積む必要もある。雨樋から落ち葉や塵を取り除いておくことも、忘れてはならない。

取るべき策を頭の中で反芻しつつ、城内の通路を牛込御門まで来て、惣介は棒立ちになった。

外堀に沿って、左は四谷へつづく大きな通りが、くるぶしほどの深さの川に変わっている。行願寺門前へと下る神楽坂を、雨水が滝のようにすべり落ちて行くのが見えた。

高台にある江戸城の門外がこれでは、小日向、小石川界隈やそれよりさらに土地の低い下谷、浅草筋、埋め立て地を含む本所、深川、向嶋辺りは、どんなことになっているのか。見渡すだけで背筋が寒気立った。

（ひどく降っているのは、どの川の流域だろうな）

西のほう、武州猪之頭の方面で降りつづく雨は、小日向上水を溢れさせる。東のほう、利根川、荒川、中川の堤を越えてきた水は、下り来たって大川筋を襲う。もちろん、関八州ことごとくが水没するような惨事となれば、江戸も市中全体に大きな被害が出る。

「惣介。そう案ずるな。江戸川も神田川もまだ無事だ。俺がちゃんと見てきた」

傍らに大きな影が立ったと思うと、心を凪にしてくれる穏やかな声が耳に届いた。

惣介が小日向の方角をうかがっている間に、四谷側から門をくぐ片桐隼人だった。

ってきたのだ。

隼人は惣介と同い年の三十九歳で、三つ児の頃からの幼馴染みである。鍛え上げた体つきはさておき、当人が努力したわけでもないのに、涼しい目元、筋の通った形のいい鼻、女好きのする優しげな口を取り揃えて澄ましている。

（いや、俺だとて引けは取らん。丸い目と丸い鼻を載せた丸い顔を腹回りがふっくらした丸い体につないだ、出来のいい団子型だ）

二人でいつも連れ立っているから、顔立ちや体型がこのように眉目良く対の揃いになってきた、と言い切っても過言ではない――と思う。おそらく。

「おぬし、今日は宿直か」

隼人は大奥を警備、管理する添番を役目としている。仕事とはいえ、こんな日に、二歳（現在の一歳）の双子、信乃と仁やご新造、それに老母（と呼ぶにはあまりにも元気な）以知代を家に残して城に泊まり込むのは気の毒だ。

「四谷は地も高いし崖もない。何日も降りつづけば別だが、今日明日の雨では滅多なことにはなるまいよ。それよりおぬしだ。早う帰るに如くはないぞ。足元に気をつけて行け」

去年の弥生、双子の父になって以来、親馬鹿の道を究めつづけてきた隼人が、珍

しく子ども自慢を口にしない。惣介の怪訝な顔に気づいて、隼人の頬が紅くなった。

「江戸市中が挙って雨の行方を案じているときに、仁の歩みがしっかりしてきたのなんのと吹聴するのはいかんだろう。それに、ちと験もかついでおる」

照れ臭げに黙り込むから返事をせずに待っていると、隼人の目が三角になった。

「だからだなぁ。今日一日、俺が子煩悩を慎む代わりに、『八代竜王　雨やめたまえ』と願をかけたのだ。言わせるな」

八代竜王は水の神である。

過ぐれば民の　嘆きなり　八代竜王　雨やめたまえ』は止雨祈願の歌として、よく知られている。

とぼけた願かけもあるものだ、とは思った。すでに『仁の歩みがしっかりしてきた』と親馬鹿ぶりを漏れこぼしている。が、心根がそれなりにいじらしいのも確かだ。

「その験かつぎ、案外、八代竜王のお気に召すやもしれんぞ」

言い置いて、惣介は泥の川になった通りを慎重に歩き出した。

田んぼのようになった道に往生したから、諏訪町にたどり着くまで小半刻（約三

十分）近くかかった。

汗だか雨だかおのれでもわからなくなった顔の滴を手で拭い、ほうとひと息。見れば、組屋敷の敷地全体を囲む門――総門の周辺に、非番の台所人や元服した嫡男、下男などが出て、叺を積んでいた。

土詰めの叺は、こんなときの用心に各家の納屋に仕舞ってある。これを平たく隙間なく積み上げて、水の浸入を防ぐのである。

労いの言葉をかけようとして近づいて、惣介はぎょっとした。

黙々と作業を進める人の中に、ひと際大きくそびえる蓑笠姿――仔細あって惣介のところで料理修業をしている英吉利人、末沢主水だ。

『異人は長崎出島だけに居留』が幕府の建て前だから、本来、こんなところでひょろひょろしているのを目撃されてはならない人物である。

「おや、お師匠様。お早いお戻りでございやしたな。道中難儀でございったろう。無事に帰れてようござんした」

狼狽えて走り寄った惣介に、主水は呑気な挨拶をした。

主水の言葉づかいが、武家言葉と町人言葉の入り混じった妙なことになっている

のは、惣介の代理で主水に料理を指南しているふみの影響だが、これもまた話せば長い事情がある。

「主水、いつからここにいた。びしょぬれではないか。おぬしは料理に専念しておればいいのだ。中に入って着替えるがいい」

主水の白い顔は、力仕事のせいで赤鬼色になっていた。笠の下に手ぬぐいでほおかむりをしているが、額と鼻が顔の上で庇を作っているような彫りの深さと、青みがかった灰色の瞳は隠しようもない。

組屋敷の面々には、主水のことを、家康公に仕えた英吉利人、三浦按針の血筋の者だと披露してある。

主水はそれが信じてもらえたと、甘く考えているようだ。が、長い間、一緒に叺積みをしていれば、皆の胸に疑いがむくむくとふくらむこともあり得る。さらに、近くを通りかかった町人が、主水の面貌に気づいて騒ぎ出したら、それはもう厄介なことになる。

「いや。まだ始めたばっかしでござるし、それがしは日頃、お師匠様のお世話になるばかりで、大した働きもできておりやせんから、ここが踏ん張りどころでござる。いま少しお手伝いをいたします」

異人は誰でもこうなのか、主水が特別に頑固なのか。調べる術もないが、言い出したら納得がいくまで意見を変えない男だ。

「気持はありがたいが、おぬしには飯を炊いて汁を作ってもらいたいのだ。出水となれば竈に火を熾すこともできなくなるからな。先手を打ちたい」

策は功を奏して、主水の目が輝いた。

「それがしに炊く出しをまかせて下さるのですか。ご期待に添うよう、誠心誠意、務めます」

大喜びしているから、『てくだぁし』ではなく、『炊き出し』だ、と訂正するのはよした。料理に関わる言葉が苦手なのと同様、飯を炊くのが下手なのもわかっているが、そこはふみに面倒みてもらえばいい。

そうして、こんな危急の折りには、飯はどれだけ炊いてあっても助かる。米に余裕のある大店や名主の家や武家屋敷の台所では、今頃、粘りのある泡がふかふかと釜の蓋を持ち上げ、弾けては香ばしい匂いを放っているに違いないのだ。

周囲に気を配りながら主水を説き伏せて新築の離れへ戻し、中にいたふみに預け終えると安堵の息が出た。代理指南と言いつつ、二十歳になるやならずのふみに主水のお守りまで押しつけている。後ろめたい気はするが、主水はふみの言うことな

ら素直に従うから、手っ取り早いのだ。

「お師匠様、組屋敷の皆様方が『でぃみずう』が心配だと口々に仰せでしたが、浅草猿屋町の天文屋敷は無事でしょうか」

離れを出ようとした惣介に、主水が不安げな顔を向けた。

天文屋敷は、主水が惣介のところへ来る前に世話になっていた、書物奉行兼天文方筆頭、高橋景保が束ねる幕府の役所だ。大川畔の浅草蔵前に位置し、象限儀や簡天儀を据えた天文台がある。天文の他に気象の観測はもちろん、暦や測量、洋書の翻訳まで掌る役所だから、水に濡れては困る書物、文書も多かろう。

「大川が溢れれば浸水はまぬかれんだろうが、書物や何かは天文台の上に移してあるはずだ。高橋様のことだ、抜かりはあるまい」

会ったことはないが、景保が切れ者だとの噂は、惣介の耳にも届いている。

「ならばよいのですが……高橋様は、おおどかでそれはもうお人柄の優れたお方でございますけどね。この国の人は責めを負うとすぐ腹をさばきますからね。そこがど　うも」

魚はさばくが人の腹はさばかんぞ、と返したいところだが、主水が何を心配しているかは伝わった。

「人知で止める術のないこともある。天災を誰ぞのせいにして責めるほど、幕府の上つ方はわからず屋じゃない。案ずるには及ばん」

主水がさらに何か言いかけるのを気づかぬふりで、惣介は離れを出た。天文屋敷にいらぬ世話を焼いていて、御台所組屋敷の守りがおろそかになれば、自分が長尾に責められる。先ずは、おのが頭の蠅を追わねばならない。

両足にへばりついた泥をできるだけ落として母家の三和土に入ると、迎えに出た妻の志織はやけに機嫌がよかった。雑巾と湯の入った桶を手に、裾広がりの団栗顔に団栗眼が笑み栄えている。

「人手が多いのはありがたいものでございますね。主水様とふみさんの手伝いで、米も水も酢や塩も、そればかりか行李まで屋根裏に上げてございますよ」

なるほど。これまで志織は、文句たらたらの嫡男、小一郎をなだめすかして使い、ときには孤軍奮闘して、出水に備えてきた。だが、今日は友軍がいたわけだ。

そう聞けば、さっき離れでふみが、台所の物をまとめ片づけていたことに、改めて思い当たる。ふみの倅、伝吉を守していた小一郎の姿もあったと心づいた。惣介が取る主水もここに暮らす一人として、ごく当たり前に呶積みを始めたのだ。惣介が取

り越し苦労をしているだけで、存外、組屋敷の皆は「三浦按針の血筋」で納得して
いるのかもしれない。

（家人が増えると、心丈夫で良いな）

気持が温もると、天気の先行きを案じる肩の荷もだいぶ軽くなった。もうちょっ
と親身に、主水の話に耳を傾けてやるべきだったか、とも思う。聞いたからといっ
て、すぐに何かできるものでもないが。

「中がそれだけ済んでいるなら、外回りを見てこよう」

座敷に上がらないまま、惣介は再び雨の中へ出た。濡れたついでである。

（二）

遅番で出仕している台所人の屋敷を訪ねて力仕事を手伝い、水が来たとき家屋敷
を壊し因になる大きな塵を片寄せ、各屋の上水井戸を見回った。それから、組屋敷
共同の持ち物である土蔵を検分して、中に仕舞ってある舟をすぐ出せるよう手配り
した。総門の叺積みも手伝った。

無論、すべて一人でやったわけではない。小石求馬をはじめとする早番が、総出

で働いたのだ。

我が屋敷に戻って、羽目板のゆるんだ釘を打ち直し、周りの手当を終えたところで、惣介は離れを覗いて小一郎を呼んだ。

「残るは家の門前の吸積みだけだ。父ひとりでは暇がかかる。ちと手伝え」

口答えが返ってくると覚悟していた。それでも、ここは言うことを聞かせねばならない。小一郎も十三歳だ。そろそろ一人前の男として役を果たすべきだろう。

が、驚いたことに、毎度手伝いを頼むたびに論語や孫子を振り回して屁理屈をこねる小一郎が、気持の良い返事をして土間に下りてきた。そして主水の蓑笠を借りて身支度すると、ためらうことなく土砂降りの中へ飛び出した。それはかりか、ひとつ五貫（約十九キログラム）ほども重さのある吸を、両手にひとつずつ提げて運ぼうとする。

「無理をするな。若いうちから腰をやりつけたら、なんとする」

小一郎は親譲りの団子鼻をヒクヒクさせて、父親の気遣いを蹴散らした。

「父上とは鍛え方が違いますから、心配ご無用ですよ。英吉利の鉱山では、五つ六つの子どもが、四つん這いになって石を運ぶ荷車を引いているそうです。その哀れな境遇に比べれば、このくらいどうってことはありません」

やる気に満ちた態度は、主水の薫陶を受けた結果だとわかった。主水は越してきてすぐの頃にも、屋根に突き出した煙出し――〈ちむにい〉と呼ぶらしい――を掃除する幼子のことを小一郎に話していた。

惣介が「お店に奉公に上がったばかりの小僧はなあ、日が昇るまえから休む間もなく――」と聞きかじった話をしても、小一郎は鼻であしらう。異国から漂い着いた主水が語りかける、異国の幼気な子どもの不幸せだから胸に沁むのだ。もう、親が口を酸っぱくする時期は過ぎた、ということだろう。

（ここから先は世間が育ててくれる。親は黙って見守る稽古をすべきやもしれん）

『子は天からの預かりもの』そんな言葉を思い出して、ほっとしたような寂しいような気持になる。と、並んで叺を積んでいた小一郎が、聞き捨てならないことを言い出した。

「姉上はもうお戻りですか」

「……鈴菜は、この荒れの中どこかに出かけているのか」

「香乃さんが、お祖父様お祖母様を案じて諏訪町に来ているとかで。朝から、香乃さんに会ってくる、って飛び出したっきり、昼餉にも戻ってなかったですけど」

怪しい話だった。

香乃は諏訪町で陶器を商う大店《美濃屋》の孫娘で、鈴菜と一番仲のいい遊び友だちだ。香乃の父親は次男ながらのれん分けで四谷に見世を構えているから、普段は香乃もそちらで暮らしている。

（箱入りの一人娘を、こんな日に土地の低い小日向へ出すか）

まずそれが引っ掛かった。

「香乃さんが諏訪町に来ていると、何でわかった。手代か女中が知らせに来たのか」

「いいえ。誰も来てません。姉上が一人でそんなことを言い出しただけですよ」

小一郎は告げ口の声音になっていた。平素、口喧嘩で言い負かされてばかりの姉が、どうやらしくじりをしでかした。父親にお目玉を食らうかもしれない。こいつは見物だ、いい気味だ。その思いが先に立って、行方を案じるところまで考えが及ばないらしい。

だが、惣介のほうは、頭の天辺から足の先まで、心配の固まりになっていた。体はずぶ濡れだというのに、むやみに喉が渇いた。

（知らせもなしに、香乃が諏訪町にいるとわかるはずもない。本当はどこへ何をしに行った）

暮れ六つ（午後七時過ぎ）にはまだ間があるが、こんな天気だから辺りはすでに暗くなりかけている。惣介は気もそぞろで家へ取って返し、鈴菜がまだ戻っていないのを確かめて、今度は総門に向かって走った。

捜すあてもないから、取りあえず《美濃屋》を訪ねるしかない。そう決めて、諏訪神社の角まで歩を進めたところで、水道町のほうからつづく道に鈴菜の姿を見つけた。

風にあおられる傘を持て余した様子で畳んでしまい、立ち止まって天を仰いでいる。降りしきる雨が顔を叩くのを、むしろ楽しんでいるやに見えた。

「鈴菜。一向に戻らぬゆえ、《美濃屋》へ迎えに行くところだったぞ」

どこで何を――と訊ねかけた声は、喉で止まって腹へ落ちた。鈴菜のいる通りは《美濃屋》のある諏訪町とは丸っきり逆方向だ。

「……あれ、父上」

鈴菜は、よその国へ飛ばした心を呼び戻すのに手間取っているみたいに、しばらく惣介を眺めていて、それからバシャバシャと跳ねを散らして走り寄ってきた。

「神田川もまだずいぶんゆとりがござんしたよ。このぶんなら、水は来ないで済むんじゃござんせんか」

相変わらず、武家娘に似合わぬやんちゃなしゃべり様だ。が、丸い頰は上気して、唯一の取り柄ともいうべき千両の目元が、常にも増してキラキラと輝いてる。

「わざわざ見に行ったのか。お転婆な真似をする」

「だって、わからないまま、いま溢れるかもうやきもきするのは、嫌ですからね」

並んで歩き出すと、鈴菜の体から松脂が匂った。惣介の人並み外れて敏感な鼻が嗅ぎつけた、ごく微かな匂いだった。

（だが、傘は誰が見てもわかる）

竹の柄が乾いた色をしている。土砂降りの中、神田川から差してきたたなら、じっとりと黒ずんでいて当然だ。鈴菜はすぐ近くまで、誰かの傘に入ってきたに違いない。

鈴菜が嘘をついた。さっきまで一緒にいた相手を内緒にしておくために。

十三の倅は世間に預けても構うまい。が、十六の娘を浮き世に託すのはまだ早い。

そう思いはしたが、口に出す言葉は見出せなかった。芯まで濡れた体とあちらこちらで泥に踏ん込んだ足が、不意に枷でもつけられたみたいに、重怠くなった。

母家にいて鈴菜と顔を合わせるのが気まずい。主水に近火尋問の支度を教える機になる。二つの理由で、惣介は離れで料理を始めた。

父親の果たすべき役目から逃げた、と言わば言え。ぎゅっと目をつぶって体を縮めていれば、物の怪がいつの間にか消えることもある。

主水が――というよりふみが炊いた飯は三釜分。ひと釜だけ夕餉用に普通に炊いて、残りふたつは握り飯用に少し硬めに炊きあがっていた。

近火尋問にする握り飯は、細かく切った沢庵や茄子の漬け物を混ぜ込んで握る。菜なしでも侘びしい食事にならないための工夫、というだけではない。沢庵を混ぜ込んだ握り飯は、米の甘みと沢庵の甘さと塩が口の中で仲良くほどけて、冷めてもほっかりと美味いのだ。

（ひと釜は沢庵でいくとして……）

惣介はしばし考えて、去年漬け込んだ梅干しと縁紫蘇の壺を母家から取ってきた。昨今は、赤紫蘇を使って赤い梅干しを作るのが流行りだ。惣介も昔ながらの梅干しとは別に、少しだけ漬けている。赤い色はじきに褪せてしまうが、縁紫蘇が残るので嬉しい。

塩をして揉みに揉んで汁を絞った後の赤紫蘇は、土用干しのときまで梅と一緒に

漬けて置く。そこで分けてすっかり乾くまで干す。これを細かく刻んだのが縁紫蘇。

略して、ゆかりとも呼ぶ。

「ゆかりを混ぜた飯で握った塩むすびに、梅干しを添えようと思うがどうだ」

相談の相手は主水ではなく、主水の「お師匠さん」のふみである。

「そりゃあ、また。ずいぶん新奇な手でございますねぇ、旦那。胡麻を振ったおむ

すびは見たことがございますが」

大鉢に飯を移していた手を止めて、ふみが一重瞼のぽってりした目を精一杯に丸

くした。

「赤紫蘇には腹具合を整える働きがあるし、昔から『梅は三毒を絶つ』と言うから

な」

三毒とは、食べ物の毒つまり食あたりと、水の毒すなわち水あたり、そして血の

毒いわゆる血液の汚れからくる怠さや頭痛、を差す。

「出水の後、何よりも案じられるのは、汚れた水を飲んで腹をやられることだ。梅

干しとゆかりを食しておけば、腹下しを避けられるやもしれんだろう」

得々としておのれの工夫を語っていると、脇で主水が「わぷっ」とうめいた。見

返ると、口を思い切りすぼめ顔中の肉を高い鼻の周りに集めた可哀想な顔で、三和

土にぺたんと座り込んでいる。何をしたか、ひと目で知れた。だから黙って懐紙を差し出してやった。

主水はつまみ食いした梅干しを品良く紙に出し、ふみが汲んだ白湯をがぶがぶ飲んで、しょんぼりと息を吐いた。

「こいつぁ、檸檬を丸かじりしたよりひどいです」

檸檬が何かはよくわからないが、英吉利にも梅干しのような物はあるらしい。

「高橋様の御屋敷でも梅干しは食しましたが、こんな恐ろしい味じゃぁなかった」

書物奉行の屋敷の涼しい納戸に、年々歳々漬けて保存されてきた梅干しの壺が、ずらっと並ぶ。そんな光景が目に浮かんだ。

「高橋様のところで口にした梅干しは、もっと艶やかだったろう。おそらく三年物だ。年を経て熟れて、酸っぱさが丸くなり風味の増した品さ。おぬしがさっき口に放り込んだのは去年漬けたもので、若いから酸っぱさもしょっぱさもとびきり刺々しい」

「それならそうと、先に言うて下されば良かったのに」

主水が高い鼻に皺を寄せ、唇を突き出して、ひどい目に遭わされた犬みたいな顔

になった。

（おのれの行儀の悪いつまみ食いを棚に上げて、俺がしくじったと言い立てたな）

非を認めて謝ると損をすると考えている風だ。このあたりもまた、主水がそんな質（たち）なのか、一般に肌の白い人種がそうなのか。よくわからないが、頑固さと同様、小癪（こしゃく）に障る。

「味よりも梅酢の薬効を求めて、新しい壺を開けたのだ。おぬしも食べ比べができていい修業になった。良かったなあ。次はふみさんから沢庵の握り飯のこしらえ方を習え」

それで主水を放り出して、惣介はもうひと釜の飯を鉢に移してゆかりを振り入れにかかった。

握り飯を中はふわりと外はツヤよく仕上げるコツは、しつこく握らないことだ。ゆかりがひと所に固まらないよう用心しながら飯をさっくりと混ぜ合わせたら、手を軽く濡らす。それから、掌（てのひら）にいつもより多めの塩を取ってこすり合わせる。下になる左手に飯を載せて指で厚みを決めたら、あとは両手の内でころんころんと回してやるばかりだ。

「あれまあ、主水様。そんなにぎゅうぎゅう握りしめたんじゃ……ほら、言わんこ

っちゃない、崩れっちまったでしょうが」

目をやれば、ふみがきつい声を出すのも道理、主水は掌を飯粒だらけにして、そ
れを弱り果てた顔で眺めている。水をつけすぎた手に多すぎる飯を載せて、力の限
り握りしめたのだ。脇の皿に、ひび割れたべちゃべちゃの団子と化した空豆大の握
り飯(になるはずだった物)が、手から払い落された形のまま四欠転がっていた。

「ああ、手を振るっちゃ駄目ですってば。おまんがもったいない。一粒残らず啜
って口に入れちまって下さい。そいから手を洗って、もう一度、握り直しですよ」

五つ、六つも年下のふみにガミガミ叱られてすっかり潮垂れた主水を菜に、惣介
は握りたての梅むすびをじっくり味わった。紫蘇の涼しい香りが口いっぱいに広が
る。ゆかりに残った塩粒が歯に当たって弾け、仄かな梅の移り香と米の甘さが、口
中に晴れた夕空を作り出した。

(この工夫はなかなかのものだ)

我褒めしながら、握っては食べ、握っては食べ。みっつ食べ終える頃には、酸っ
ぱさと塩気が動き回った後の疲れをしゃっきりと癒し、腹も五割方ふくれていた。

激しい雨と風は、夜明け近くまで雨戸を鳴らし木々を揺すった。あちこちで用心

30

を呼びかける半鐘がひとつ、ふたつと鳴っては、始まったばかりの夢を仕舞いにし、眠りを妨げた。そうやって空が白み始めた頃、とうとう東の方角で擂半鐘がジャンジャンいいだした。

（いかん。大川が切れた）

惣介は跳ね起きた。ときを同じくして、志織が台所へ駆けていく気配があって、それから水口の戸がパアンの音を立てて開いた。

「ご新造さん、主水さんが行方知れずでござんす。暗いうちに出たみたいで、御部屋にゃ寝た跡もありません」

ふみの声が、半鐘の音よりも切羽詰まって耳に届いた。

（三）

体裁などかまっていられない。惣介は、着流しを尻っ端折りして大小を差し、握り飯と茶の入った竹筒を肩に背負って、蓑笠に草鞋履きで外に飛び出した。

雨はようよう小降りになって、風も大方収まっている。出水の気配もない。が、総門の近くにも諏訪社の前の大通りにも、主水の姿はなかった。

みっしりと肉のついた大男だ。おいそれとは拐がせない。持て余す風雨の中では尚更だ。そもそも連れ去る理由がない。とすれば、主水は自分で離れを抜け出したのだ。行く先は——。

（天文方の役宅、で間違いなかろう）

前夜、主水が書物奉行兼天文方筆頭、高橋景保のことで、気を揉んでいたのを思い出す。

言葉もわからず暮らしぶりもまるで違うこの国に来て、主水はずいぶん心細かったに違いない。そんな主水を高橋景保が二年の間、親身に面倒みたのなら——陰に日向に心を配ったに決まっている。だからこそ主水は江戸の暮らしにすっかり馴染んでいる——主水が大川の出水を案じて、居ても立ってもいられなくなったのは当たり前だ。

握り飯を作っている間、主水は天文屋敷のことをひと言も口にしなかった。惣介に話しても無駄。浅草まで確かめに行く許しはもらえまい。そう見通していたのだ。

じっさい、主水から浅草行きをねだられたとしても、惣介にはそれをかなえてやる術はなかった。御家人もその家族も専用の駕籠に乗ることを許されていないから、鮎川家の屋敷には駕籠がない。かといって、町人の使う辻駕籠に主水を乗せるなど

論外だ。

（俺が天文屋敷まで足を運んで、高橋様に主水を迎えに来て下さるようお頼みすればよかったわけだが）

そこに思い当たると胸がしくりと痛んだ。忙しい、それどころじゃない、とおれに言い訳して、主水の心中を深く酌んでやらなかった。その結果がこれだ。

主水はおそらく、町木戸が閉まる直前、夜四つ（午後十時頃）前に、土砂降りの中へ飛び出したのだろう。そのときに天文方の役宅までの道筋が、主水の頭に入っていたとは思えない。

（とは言うても、主水は元々、商船の乗組員だ）

たぶん常人より方向感覚が優れているはず。それで二年も天文方の役宅に寝起きしていたのだから、諏訪町からひたすら東に進みつづければ大川に出る、とは見当がついたはずだ。

神頼みみたいな推量に一縷の望みを託して、惣介は踝まである泥水を蹴るようにして、東を目指した。幸い神田川や江戸川はどうにか持ち堪えている。享保の大洪水の折りは激流に洗われた牛石も、横座りの姿そのままに雨に濡れていた。

上り坂を息を切らしながらも駆けに駆け、下谷、浅草から大川までを一望に見下

ろす湯島台までたどり着いて、惣介は息を呑んだ。　浅草の左手、新吉原の向こうに広がっていた田地がすっかり泥沼と化している。

（切れたのは熊谷堤か）

熊谷堤の脇には久保村があった。百軒あまりの百姓家に田植えを終えたばかりの田地が青々と広がる長閑な景色——それらが跡形もなく消えて、今は泥水が渦を巻いている。丸く刈り込まれた松の木の枝が水面のあちらこちらに顔を出して、奇妙な緑色の茸のように見えた。

そこかしこと、屋根の上で人が助けを呼んでいる。漕ぎ寄せていく町奉行所のお助け船が、もどかしいほどゆっくり進んでいるように感じられた。　船は二十艘近く出て、水中から骸を引き上げる作業も始まっている。

浅草にいる身寄り、知人を案じて来た者、水に追われて低い場所から逃げてきた一家。それに野次馬が混じって、湯島台はごった返していた。

「小塚っ原の地蔵尊が、膝まで水に浸かったんでございますよ。もうそりゃ、泳ぐようにして逃げたんですから。　生きた心地もありゃしません」

「ああ、植えたばかりの田んぼがあのざまさ……情けねぇ」

「新大川橋は真ん中が凹んじまったって聞きましたけど。ほんのことでしょうか」

「本所はやられたにちげぇねぇ——」

真偽のわからない噂話や、思案に暮れたようなため息が、次から次へと聞こえて耳がわんわん鳴り出した。

（まさかとは思うが、主水がもし、江戸川沿いに北へ進んで大川に出る大回りを選んだとしたら）

流されたやもしれん、と仕舞いまで考えることさえできず膝の力が抜けて、惣介はその場にしゃがみ込みそうになった。喉元にせり上げてくる不安と、主水をお荷物扱いしていたことへの後悔で、息をするのも苦しい。

「鮎川殿。お顔の色がすぐれぬようですが、腰を下ろして、少し休まれたほうがよくありませんか」

落ち着いた声とともに、体を支えようとするかのように遠慮がちに手が出てきた。寺社奉行、水野和泉守（忠邦）の若き懐刀、大鷹源吾だ。浅黒く引き締まった賢げな顔が、心底から案じてくれる様子で、こちらをうかがっている。

「いや。どうということは……」

ないのだ、と言いかけたそばから体がくらりと揺れた。大鷹が黙って差し出して

くれた肩にすがると、微かな松脂の匂いが鼻孔をかすめてすぐ消えた。　昨日、鈴菜の体から匂ったのと同じ香りだ。

（なに、松脂なぞどれも同じ匂いがする。そもそも昨日は昨日、今朝は今朝だ）

大鷹が敷いてくれた笠に遠慮なく尻を落として武家屋敷の板塀にもたれかかり、惣介は自分の頭に浮かんだとんでもない疑いをあっさり打ち消した。

「久保村にどなたかお知り合いがおありでしたか」

親身な声音だった。

「そうではない。　我が家の客が、夜のうちに浅草方面へ出かけたらしく……」

ついほだされて開きかけた口を、惣介は慌ててつぐんだ。　大鷹もその主君の水野和泉守も、どこやら腹の底が読めない相手だ。

黒豆炒りの腕や料理にお褒めの言葉を賜ったのが縁で、御目見以下の惣介が将軍家斉の御小座敷にときどき召し出されている、くらいのことは、将軍の気儘でとおる。

だが、惣介が家斉から英吉利人を預かって料理を指南しているばかりか、その英吉利人が勝手に江戸市中をうろついた、となれば、事は重大だ。

老中の座を得るため、西の丸に住む世継ぎ家慶にまとわりついている和泉守である。　主水の不祥事を楯に取って家斉に隠居を迫るやもしれない。　怜悧な大鷹が、

『主水は三浦按針の血筋』などと、かなり無理のある言い訳を信じるとも思えない。

「昨夜はまるで眠れなかった上に、起きてすぐ何も食べずに走った。それで気色が悪くなったのだ。まずは腹ごしらえ。笠を借りた礼だ。おぬしもひとつ食わんか」

話をそらして、惣介は首にくくりつけてきた握り飯と竹筒を下ろした。気づけば、いつの間にか雨は止んでいた。

「なるほど。左様でございましたか。高橋景保様は、十年ほど前、御役宅の火事で貴重な書物を大量に灰にして仕舞われ、その責めを負って自らお役目を退こうとなさいましたからね。主水殿は、此度も同じことが、いや、二度目ともなれば、腹を召されるやもしれんと案じたのでしょう」

大鷹がするするしゃべるのを聞いて、惣介はせっかくの沢庵握りを取り落しそうになった。

「ですが、位置と堤の切れ具合から考えれば、天文屋敷の被災はさほどでもないはず。主水殿もきっと無事にたどり着いておられますよ」

相手は慰め顔でいるが、おかげでかえって具合が悪くなった。

「ふうん。おぬしは何もかも承知か。それはそれは」

大鷹は一昨日、出し抜けに惣介の家を訪ねて来た。あの折りに離れへ入り込んで、

人懐こい顔で主水を油断させ事情をすっかり聞き出したのかもしれない。

（いや、それどころか、主水の噂をどこかから聞き込んで、詳しく探るためにやっ
て来たこともあり得る）

当人も、以前、自分は水野和泉守の間者のようなものだと認めている。むらむら
と腹が立って、惣介は握り飯にかぶりついた。

「あの、もっと丁寧にお話しすれば良かったですね。決して鮎川殿の暮らしぶりを
見張っていたわけじゃありません。末沢主水殿とわたしは、もう二年来の知己なの
です」

横目で睨んでやると、大鷹は珍しく困り果てた態で首を傾げていた。

「我が殿が高橋様を高く買っておられましてね。まことにすぐれたお方なのです。
学問に秀でておられるが、それだけじゃない。もののとらえ方が柔軟で、お人柄も
良い。少々……」

大鷹は言葉を中途で呑んだ。思い出し笑いを堪えたように見えた。

「そんなわけで、天文屋敷にも度々、足を運ばれます。わたしもお供を致しますか
ら、自ずと主水殿とも親しく接するようになりました」

筋はとおっている。

大望のために四方に目を配る和泉守は、有能な人材を味方に

つけようと万端怠りなく動いている。主水のことも、自身が老中として幕政を執る

ときに役立つと見込めば、黙って利用するほうを選ぶだろう。

「信じていただけましたね」

安堵の笑みだった。納得したと告げたわけではないが、沢庵の握り飯がしみじみ

美味かったからか、主水が天文屋敷にいる目処がついたゆえか、我知らず頰がゆる

んだらしい。

「鮎川殿ならもうお気づきでしょうが、あのお人は生真面目で情の濃い頼るに足る

人物です。わたしにとっても得難き友だ。故国のことや身の上など聞いたり、英吉

利の言葉を習う代わりに将棋を指南したり──」

虚を衝かれた。『情の濃い頼るに足る人物』だなぞと、『お気づき』ではなかった。

（俺は知らず知らず、主水を見下していなかったか）

主水が鮎川家に来てまだ二十日に満たない。加えてこちらが師匠格だから、指示

したり叱ったりすることが多くて、じっくり語り合う場も持てていない。身の上に

ついて根掘り葉掘り聞くのは、礼を失するようでもあり、労しい気もして、何も知

らないままでいる。しかも、相手は異人で、図体はでかいが不器用ときている。

（だいたい俺は、料理の下手な者を鼻で笑う癖があっていけない）

十五近く年下の大鷹におのれの未熟を指摘された形になって、惣介は大いに意気消沈した。これで万が一、主水に何かあったら、悔やんでも悔やみきれない。

「やはり具合がお悪いようだ。横になれるところを探して参りましょう」

大鷹が今日はやけに親切だ。

「いや、ここで充分だ。それよりおぬしのほうこそ、湯島台へ遊びに来たわけではあるまい」

「他の寺社方と手分けして、お寺社へ水見舞いに回っているのです。わたしは湯島天神に顔を出して、出水の様子を俯瞰するためにここへ来ました。川端の神社仏閣はどこも船を持っていますから、このくらいの出水ならたいていご挨拶だけですむんですけどね」

「浅草寺周辺から小塚原にかけては、数えるだけで日が暮れるほど寺と社があるだろう。俺のことはいいから役目を果たしにいけ」

「せめて天文屋敷までご一緒しましょう。溢水の流れの速さが気になります。それに、鮎川殿おひとりで訪ねるより、わたしがお供したほうが話が早いですから」

ありがたい申し出だが、何処やら胡散臭い。ここまで世話を焼いてもらうほど、大鷹に恩を売った憶えはない。返事に迷って、惣介は竹筒の茶を飲んで暇を稼いだ。

「やはり、動けそうもありませんか。これだけ人がいるんです。一人くらい医者が交じっているはず。今、呼びに——」

言いさして人だかりのほうへ駆け出そうとするから、惣介は慌てて立ち上がった。

「それには及ばん。天文屋敷へ行こう」

大鷹がどんな魂胆を隠しているのかわからないが、まずは主水の息災な顔を見るのが先。鷺でも鷹でも、使えるものは使うことだ。握り飯ひとつでは、水も漏らさぬ腹ごしらえとは言いかねるが、これも成り行きである。

天文屋敷は、浅草御門から延びる大きな通りを挟んで、幕府の米蔵である浅草御蔵の向かい側、御蔵前片町の裏手にある。湯島台からだと、下谷を突っ切った先だ。

滑ったら最後、九間ほどの急坂をひと息に転がり落ちそうな湯島天神男坂を避け、だらだらと下る女坂の泥濘をへっぴり腰で歩いた。ひたすら足元に目を配っていたのは、大鷹のはらはらする表情を見たくなかったためもある。

坂の終点は板倉越中守の上屋敷脇で、そこから下谷広小路へ抜ける。

大小の武家屋敷が碁盤の目に並ぶ道を、三味線堀の方角を目指して進む間に、足元の水がじわりじわりと増えて、田植え間近の田んぼみたいになってきた。それで

も、雨が上がってわずかに陽射しもこぼれだしたから、各屋敷から人が出て後片付けが始まっている。

「このあたりで足首ですから、天文屋敷も床下かせいぜい上がり框までの水で済んでいると思いますよ」

後ろから大鷹が励ますように声をかけてきた。隼人ならとうの昔に、惣介の亀歩きに愛想を尽かしているはずだ。急かされずに済むのはありがたいが、何やら倅に労られているかのようで、一足飛びに歳を取った気分にもなる。

三味線堀を過ぎると水は膝すれすれになった。流れはさほどでもない。が、足を動かすたびに、塵や板きれの浮いた海松茶色の泥水から、汚物と潮の入り混じった腐りかけた魚のような臭いが湧いて出る。

惣介の人並み外れて敏い鼻がひん曲がる間際で、やっと天文屋敷にそびえ立つ簡天儀と象限儀が見えてきた。高さ三丈（約九メートル）を越える築山の上の天文台だ。敷地の内にはこの天文台と黄赤全儀を載せた幾分低い台があり、それらを取り囲む形で天文方の役宅が敷地の中に散らばっている。

近辺は水に泡を食う人々でどこも大変な騒ぎになっていたが、天文屋敷も例外で

はなかった。いや、入ってくる水を掻き出し汲み出し、流れてくる大きな塵をひと所に集めして、役宅を守る作業だけでなく、天文方には今後の天気を測り、切れた熊谷堤に調べのための人を出し、と役目もあるから、その忙しさは他所の比ではない。

硬い表情で立ち働く男たちを前に、さしもの大鷹も手をこまねいた。惣介一人だったなら、相手にされぬまま立ち往生したに違いない。

それでも大鷹がどうにか顔見知りを呼び止めて主水のことを訊ね、ずいぶん待たされて、ようやく高橋景保の家臣が門前に現れた。まだ三十路には届いていまいが、大柄で、面長な顔に目端の利きそうな鋭い瞳が光って、侮れない風情がある。

「末沢殿は、諏訪町の御台所組組屋敷に移られた」

宇面利三郎と名乗った家臣のそのひと言は、惣介の総身を冷やした。繁多の折りに厄介ごとを持ち込んで、と言いたげなぴりぴりした表情が胸をえぐった。

「大雨による罹災を案じて、昨夜、夜半にこちらへ向かったのです。今一度、確か

めていただければ——」

大鷹が食い下がったのに向かって、宇面が首を横に振った。

「殿もそれがしも昨夜は寝ずの番で、水に備えておりました。門も一晩中開いてい

た。末沢殿が来たなら、気づかぬはずはない。おらんと言うたら、ここにはおらん
のです。他をお捜し下され」

ずいぶん冷たい物言いだ。『末沢殿』と名を口にしたときに、頬が一瞬引き攣れ
た。よほど主水が嫌いだったらしい。

頼みの綱が切れた。心の臓が早鐘を打ち出した。全身から音を立てて血の気が引
く感覚があった。汚泥の臭いの中に、主水の異人独特の体臭が微かに感じ取れた気
がした。次の瞬間、惣介の眼前は真っ暗になった。

（四）

「節季ごとに新しい着物を誂えてしますよって、どうしても古着が貯まりますやろ。
気に入って大事に着てたもんやし、できるだけええお値段で買うてもらいたいやお
へんか。《いと志屋》はんは、気心も知れてて──」

目を開けると、高い小屋組と太い梁が見えた。そうしてなぜか、耳には雪之丞が
長閑にしゃべる声が聞こえる。

（やれやれ。主水の行方知れずも、出水も、やたらと面倒見のいい大鷹も、みんな

夢だったか）

夢なら天井板が消えているのも不思議ではない。ほっとしたから、長いため息が漏れた。もうひと眠りしようと閉じかけた目蓋をこじ開けるように、真顔の隼人が上から覗き込んだ。

「隼人まで出てきた。目が覚めたのも夢の中か」

もじょもじょとつぶやきながら寝返りを打ちかけると、他人の眠りの内に勝手に入り込んでいるくせに、夢の隼人は厚かましくも惣介の上掛けを引っぺがした。

「こら、惣介。いつまで天文方に手数をかけるつもりだ。五つ（午前七時前）も過ぎた。さっさと起きろ。主水を捜しに行くぞ。俺と主水は、一昨日ちらりと引き合わされたばかりだ。こっちはともかく、向こうが俺の顔を覚えているかどうか危うい。どうしたって、おぬしが行かねば——」

「え〜い、やかましい。脅かすな。それもこれも悪い夢で……」

しゃべっているうちに、怖い顔をした隼人が現だとわかるほど頭がはっきりしてきた。宇面利三郎の話を聞いて気が遠くなったことも思い出した。自分が見たこともない唐桟の単衣を着ていることにも気づいた。全身を怖気と不安が駆け巡った。

「……とすると、主水は行き方知れずのままか」

「そうだ。それだけじゃあない。門前で大鷹がとっさに支えてくれなんだら、おぬ
しは泥水に流されたやもしれん。一向に正気に返らず、あまつさえグーグー鼾をか
きだしたから、高橋様が医者まで呼んで下さった」

「なにせぇ、惣介はん、そのお腹ですやろ。どなたはんも卒中やないかて、あわて
ますわなぁ——」

卒中。そのひと言が鳩尾に突き刺さった。口々に話す隼人と雪之丞を無視して、
惣介はもがきつつ敷き布団の上で立ち上がった。立てた。手足の痺れもない。

「心配するな。医者の見立ては寝不足と空腹で目が回った、だ。おぬしの背負って
いた握り飯は水に浸かってしもうたが、高橋様が飯の支度を言いつけて下さった」

「いかん。腹の虫なぞ後回しだ。早よう主水を捜してやらねば——」

隼人と雪之丞がなぜいるのかも、大鷹がどこへ行ったのかも脇に置き、惣介は逸
る思いのままわめいて寝床から足を踏み出した。足の裏にひんやりと板張りの床が
触れる。それで初めて、周囲に目をやることを思いついた。

すぐ斜め上に巨大な球形の仕掛けがあって、そこから空が透けて見えた。青空は
覗いているが、雲の流れは速い。

（——天文台か）

46

とすれば、出水の騒ぎの中、幾人かで門前から三丈の高さまで、惣介の重い体を担ぎ上げてくれたことになる。おまけに医師まで呼んでもらった。『手数をかけ』たどころではない。穴があったら、もぐり込んで百年出て来たくないほどの失態だ。

情けなさで、もういっぺん気を失いたくなったところで、どっしりした足音が階段を昇ってきた。と思う間に、太くて濁った声の人物が入り口に現れ、高橋作左衛門（景保）と名乗った。

「おお、気がついたかい。いや、よかった。若い身空で中風にでもなった日には、ご新造が泣くからなあ。こんな青天井みたいな場所では落ち着かないだろうが、役宅はどこも箪笥やなにかを動かして畳を上げている最中でさ」

着流しの尻っ端折り姿は浸水の後始末中だからと得心もいくが、書物奉行兼天文方筆頭、三百俵高の旗本にしては、たいそうがらっぱちな口調である。まるで町方の与力のようだ。頰骨の張った顎の平たい面立ちは、お世辞にも男前とは言えない。けれども、眉と間が離れた奥二重の目は、優しげで人を引きつける力があった。

「此度は不覚を取り、たいそうなご迷惑をおかけ申しました。面目次第もございません。どうか、平にご容赦──」

惣介はその場に威儀を正して、深々と頭を下げた。が、景保は胡坐をかいて手に

していた盆を惣介の前に押し出すと、困ったように盆の窪を撫でた。

「そいつぁ、こっちの科白だ。主水が勝手な真似をして相済まん。彼奴も、俺を案じて矢も楯も堪らずこういうことをしでかしたんだろうから、どうか大目に見てやっていただきたい」

と宣言したことになる。

この一言で景保は、この事件の責めは自分が負う、惣介にはなんの落ち度もない、矛先を向けて逃げることもできるわけだが、そんなつもりはさらさらないらしい。

（なんとも腹の太いお方だ）

だからこそ、主水はこの国に馴染んだのだ。

同い年か、せいぜいひとつふたつ年長なだけだが、旗本の立場を笠に着て威張るでもなく、それゆえかえって威風堂々としてみえる。もちろん惣介とて、景保に責任を押しつける考えは毛頭ないが、それでもだいぶん気が楽になった。この人物の元だからこそ、主水のこともかばっている。惣介にすべての

「宇面を筆頭に数名が出て捜しているから、おっつけ見つかるに違いないんだ」

宇面の冷ややかな言い草を思い出すと、真っ当に捜しているのか案じられた。そ

れでも、景保がきっぱり言い切るのを聞けば、主水は無事だと思えてくる。

「心配するなってのは無理な相談だろうが、彼奴は水練も堪能だ。人の好さもとび

きりだ。誰かの手助けで動けなくなってるんだろうさ。そうでなきゃ、白鬚神社の脇にある俺の別宅で、水に足止めされているか。滅多なことはあるまいよ」

景保はひとりでしゃべってひとりでうなずくと、目で惣介の膝元を指した。

「まずは腰を落ち着けて腹ごしらえをするのがいい。こいつぁ《いと志屋》が届けてくれた握り飯だから、うちの屋敷でこしらえたよりはよっぽど美味いはずさ」

言われてようやく心づいた。膝の側の盆に湯呑み三つと握り飯が載っている。気持が張り詰めたあまり、上物の沢庵の香りにさえ鼻も頭も回らなかったのだ。

「お心遣い、まことにかたじけのうござる」

隼人が隣で頭を下げた。が、惣介が礼のことばを探している間に、景保はさっさと引き上げにかかっていた。

「そういやぁ、大鷹はもう寺廻りに行っちまったのかな」

入り口を出かけたところで、景保が振り返った。

「この文月に、しーぼるとが長崎に来るから、水野様にそう言伝てようと思っていたのだが、すっかり忘れて言わずにしまった」

「このあと出会しましたら、そのように申し伝えます」

惣介は握り飯に伸ばしかけた手を止めて請け合った。『しーぼると』が動物なの

か道具なのか、さっぱり知りはしないが、

考える風だったが、

「……ならば、頼むよ。大鷹はおぬしが倒れたときに、父親が病んだかのような心配ぶりだったから、回復したのを見れば喜ぶに違いない」

と言い置いて、ドコドコと階段を降りていった。大鷹に父親扱いされる心当たりはないが——そう首をひねりつつ、改めて握り飯を取りに行って、ひょいと思い出した。

「雪之丞。おぬし、さっき《いと志屋》がどうのと言うていたろう。おぬしがここにおるのと《いと志屋》と主水の行方知れずは、何かつながりがあるのか」

「やれやれ、やっと番が回ってきた。それですのや」

景保が顔を出した途端、舌を縛る呪文でもかけられた如く黙り込んでいた雪之丞が、前のめりになって膝を進めた。が、いつもと違いどこやら苛立った様子で、太いげじげじ眉の間に深い皺を刻んでいる。

「まあ、食べながら聞いてもらいまひょ。腹ぺこの惣介はんは、ほんまに役立たずですよって」

憎まれ口も順繰りにか——と言い返したいが、雪之丞の言うとおりで、役立たず

の上に、大迷惑のこんこんちきである。また倒れたのでは捜索の足手まといになる
ばかり。主水のことは気掛かりだが、そのためにも食わねばなるまい。

雪之丞と隼人がそれぞれ湯吞みを手に取ったところで、惣介も握り飯をつかんだ。

（食っている間に、主水がひょっこり顔を出すやもしれんし）

おのれにそう言い聞かせて、惣介は握り飯を頰張った。

沢庵は雑に漬けると、大根の渋みが残り、糠の臭いが先に立ち、ふんにゃりした
歯触りになる。だがこの握り飯に混ぜ込んだ沢庵は、干し大根特有の甘みと濃い香
りが際立って、冷えた飯に良く馴染んでいた。美味かったに違いない。こんな折り
でなければ。

惣介は喉を通りかねる飯を茶で流し込みながら、雪之丞の話に耳を傾けた。

「《いと志屋》いうのんは――」

《いと志屋》は、天文屋敷の傍ら――新旅籠町に居を構える古着屋で、ここに品物
を置いて、浅草寺の風雷神門前、東仲町で見世を開いている。雪之丞はもっぱら買
い取ってもらうほうだが、江戸に下ってきて以来、ずっと《いと志屋》を贔屓にし
ている。

当主の卓右衛門は三代目ながら、手堅い商売で得意先も多い。小商いで子どもがないから、女房のきぬも見世に出ている。見世をこの先誰に託すかは、まだ決められないままだ。

先代は十年前に病で亡くなり、後家となった当主の母親、多満が、倅夫婦と同居している。

惣介が握り飯をふたつ平らげる間に雪之丞が話したことは、まとめるとだいたいこんな風だった。主水のもの字も出てこない。そこを突こうと惣介が口を開きかけると、雪之丞が口元を気難しく尖らして、ギロリと睨んで寄越した。

「ええから、仕舞いまで黙って聞いておくれやす」

達磨が怒った顔で睨むのだから、居たたまらない。

「で、この多満はんいうお人が齢八十ですけど、隠居で大人しゅうしてるのが性に合わん言うて、ままごとみたいな金貸しをしてはるんです」

ままごとと金貸しは浮き世の端と端にあるような事だが、雪之丞の言わんとすることはわかる。

お上に内緒で、気心の知れた者に当座の入費を安い利息で貸し付けていたわけだ。

「昨夜の夜中九つ（午前零時頃）、半鐘が三つ鳴ったとこで、卓右衛門はんと番頭の松造はんとで軒先に小さな屋根のついた舟を出して、多満はんを乗せはったそうです」

寺社同様、川端、堀端の富裕な町人はどこも、出水に備えて猪牙舟や日除け船を持っている。

降雨のときの半鐘は、二つ鳴ったら警戒、三つ鳴ったら逃げろの合図だから、卓右衛門が多満を舟に乗せたのはごく当たり前のやり方だ。もちろん、いざというときのためだから、舟は地面に置いたまま、舫い綱は杭につないであったろう。

「そのときに、対岸の寿松院の御門前へ、総髪の大男が走って来るのんを見た、て卓右衛門はんが言うてます。たぶんそれが──」

「やれ、ありがたや。ならば主水は洪水に呑まれてはおらんのだな」

嬉しさと安堵で、思わず目頭が熱くなった。台所組組屋敷のある諏訪町から天文屋敷へ行こうとすれば、三味線堀を真っ直ぐに下ってきて寿松院の門前町の角で右に曲がる。男は主水に違いない。

真夜中の九つなら堤はまだ切れていない。主水はその前に天文屋敷の近くまでたどり着いていたのだ。四つ目の握り飯の味がぐんと上がった気がした。

「出水はたぶん大丈夫やったと思いますけど……」

雪之丞の目つきがさらに険しくなった。

「そこからがややこし話で。卓右衛門はんと番頭はんは、ほんのちょっとの間ぁ、多満はんを舟に残して家に戻った。水やら食べるもんやら取りに入ったんやそうです。ほしてからじきに、きぬはんが表へ出はった、いうことなんやけど。さて、きぬはんが行ってみると、舟は多満はんごとのうなってたそうです」

板張りの部屋は、一瞬、しんと静まりかえった。築山の下で作業を進める天文方の声が、いやにはっきり耳に届いた。

「そんなはずがあるか。堀に浮かべてあったなら、舫いがほどけて流されることもあるだろうが——」

先に口を開いたのは隼人だった。

「おかしどすやろ。それだけやあらしません。多満はんは、貸してる金の証文を入れたからくり箱を膝に乗せてたんやそうですけど、それも多満はんと一緒に行方知れずになってますのんや。このからくり箱がえらい名人の作で、世間にふたつとない貴重なもんやそうで」

からくり箱の行方が案じられるのか多満が心配なのか、よくわからない言い様だ。

「雪之丞、もう一度訊くが、それと主水の行方知れずがどう関わっているのだ」

問うたことさえ許せない、と言いたげな不機嫌顔で雪之丞は惣介を睨んだ。

「それ、もう言いましたし。からくり箱と多満はんが消えたときに、主水はんはちょうど近くにいてたんどすよって。起きたことを見てたに違いおへんやろ。ほんまにもう。ちゃんと聞いてはりましたんか。お握り、足りまへんのんか」

「……主水は巻き込まれたのか」

絶対にとは言い切れないが巻き添えを食ったのなら、主水が天文屋敷に行き着けなかったのも納得がいく。雪之丞がどうしてこれほど苛ついているのか、その理由は知れないが。

何が起きたのかはまだわからない。

賊の目当ては借金証文だったかもしれない。あるいは珍しいからくり箱が狙われたとも考えられる。卓右衛門たちの話がすべて嘘で、夫婦が多満を亡き者にしてでもちあげを並べていることもあり得る。

どれであっても、多満と主水の命は危ういことになっている。

「その話、天文方や高橋様に……」

訊ねかけて、惣介はつづきを呑み込んだ。

御蔵前片町とその周辺には、札差が営む蔵宿が軒を連ねている。天文屋敷の周り
は、江戸有数の金持ち町人が住む町なのだ。ここで借金絡みならば、多満を（ついでに主水を）さらったのは侍
となると、賊の狙いが借金絡みならば、多満を（ついでに主水を）さらったのは侍
だとも疑える。そうして高橋家の家臣も天文方も侍だ。

連れ去りの張本人がいるかもしれないのだ。雪之丞が天文屋敷の者にこの話をし
たわけがない。景保がいた間、貝のように口を閉ざしていたのも道理だ。

卓右衛門、きぬ、松造、多満、それぞれの人柄も訊いてみたいところだが、雪之
丞にこれ以上叱られるのはうんざりだった。

「主水を見つけようにも、このままではどこをどう捜せばいいのか、見当もつかん。
まずは舟の行方が知れたかどうかを確かめ、まだなら《いと志屋》とその周辺で細
かく話を聞こう。雪之丞が知らぬ事情もあるだろうし」

隼人が断じて立ち上がった。惣介も最後に残った握り飯を手に腰を上げた。二人
の動きを待つのさえ焦れったいように、雪之丞は築山の階段を降り始めていた。酒
落者が、今日ばかりは致し方ないとばかり、尻っ端折りで草鞋履きだ。

（そもそも、何ゆえ雪之丞はここにいるのだ）

天文屋敷によほどの義理があって水見舞いに駆けつけたか――そう考えかけて、

胸のうちで違うと打ち消した。どんな大きな義理があったとしても、雪之丞なら水が退いてから、後片付けの力仕事が済んだ頃を見計らって来る。丁寧に作った料理を重箱に詰めて、値の張る単衣の羽織を引っかけて。

（その証に、此奴はなんの手伝いもせず、天文台でおしゃべりに勤しんでいた）

擂半鐘を聞いて、汚水に足をつけて浅草まで飛んできたのは、大事な何かを押し寄せる水から守るためだった。そうして、その大事な何かは、天文屋敷ではなく《いと志屋》にあった。だからこそ、雪之丞は多満がいなくなった経緯を詳しく知っていたのだし、今も先頭に立って汚水の中へ繰り出そうとしている。おそらく、主水ではなく多満（とからくり箱）を捜すために。

推量がすべて当たっているとしても、もうひとつ、わからないことがある。

「隼人。雪之丞は、何だって俺に向かって、ああもツケツケしているのだ」

「さあ、知らん。おぬしが目を覚ますまでは、上機嫌でしゃべっていたのだがな」

正しく。夢うつつで聞いた雪之丞の声は、いたってご機嫌さんだったと思い出す。

「何かまずい寝言でも言うたろうか……おぬしは雪之丞と一緒にここへ来たのか」

「いや。雪之丞が先だ。《いと志屋》へ水見舞いに来て、天文屋敷にも顔を出そうとして、おぬしが倒れるところに居合わせたらしい」

「やはり《いと志屋》が先か——」

「ふむ。ずいぶん慕っているらしく、隠居の行方知れずをそりゃあ案じていた。俺は宿直明けのあと諏訪町へ見舞いに行って、主水が行方知れずだと聞いたのだ」

主水は天文屋敷を外から見ただけで、諏訪町に取って返したのだ。諏訪町に戻っていることもあり得る——そんな惣介の微かな期待は打ち砕かれた。もしそうなら、隼人は主水と顔を合わせたはずだ。

が組屋敷を出たのと入れ違いに、主水が組屋敷に戻っていることもあり得る——そう思えよ」

「で、すぐに天文屋敷へ来た。俺がついていれば、必ず主水は見つかる。ありがたく思えよ」

少し困った顔つきのまま、隼人がニィと笑った。無理でも自棄でも取りあえず笑う。それが心がくずおれてしまわないための工夫だ。隼人はそう言いたいのだ。

確かに、顔が四角なだけで足りずに目が三角になった雪之丞と、二人だけで主水を探す羽目にならずに済んだ。それはありがたい。主水のことを思えば、一刻も早く何とかせねばと気持も焦る。が、雨に濡れて滑る急な段をすたすたと降りる隼人に付き従っていると、大鷹の心遣いが懐かしく思い出されるのも本音であった。

（五）

天文台を降りると、外はすっかり晴れて、ジリジリと夏の陽射しが照りつけていた。水はまだ当分退きそうもないが、床下に入り込んだだけで止まっている。ただ、嗅いだだけで腹具合が悪くなりそうな臭いは、先刻よりさらに強くなっていた。

天文屋敷の各役宅では、床板めくりが始まっていた。

洪水の後始末は、水が退き出したときが第一の勝負どころだ。上がってきた泥を、退いていく水と一緒に掃き出すのである。これを怠ると、積もって硬くなった泥を担ぎ出すのが大仕事になる。だから、首尾良く泥を水に運ばせるための下準備として、床板を上げておくのだ。

表の通りの武家屋敷や町屋も同様で、皆が外に出て汚水に足を浸して、門戸を開け放ち、塵を集め、窓を開け、畳を上げ、床板をめくり、動き回っている。

雪之丞の道案内に従って、堀にはまらないよう用心しい軒先を歩いてたどり着いてみると、《いと志屋》の住まいでも卓右衛門が床板の釘を抜き、きぬが塵を片づけていた。

この住まいは浅草新堀に面した通り沿いにあって、すぐ脇に幽霊橋が架かっていた。新堀は幅が二間半（約四・五メートル）以上あって、小さな船なら充分通れる。

多満の乗った舟も堀に下ろせば大川へこぎ出せたろう。

「いえ、まだなんの手がかりもございませんので……」

隼人が多満の安否を訊ねると、卓右衛門と女房のきぬがうなだれた。番頭の松造は、舟が大川に流されたことも考えられるというので、御蔵前のほうまで様子を見に出かけていた。隠居の行方知れずと出水の後始末。二つの辛労が重なって堪えているようで、二人とも顔色が悪く表情も冴えない。

似たもの夫婦というのか、共に五十の坂を越えてだんだん似てきたのか。二人とも三角の顔に垂れた目と小さな鼻を載せて、笑っていればさぞ客受けがするだろう愛嬌のある顔立ちだ。

（親を殺めて口を拭っているように見えんが）

もちろん、実直に浮き世を渡る商人とその女房と目には映っても、本当のところはわからない。死に物狂いになれば、人はどんな芝居でもする。

「からくり箱のことも寿松院の御門前にいた大男の話も、ぜんぶ自身番にお届けしてありますが、この出水ですから、人捜しまではお手が回りませんようで」

惣介が疑い半分、気の毒半分で眺めているうちに、卓右衛門が聞き捨てならない

ことを言い出した。

町方が多満と一緒に主水を見つけ出したら、ややこしいことになる。異人が市中

をうろついていた、との話が公になるのだ。真夜中、大雨の中——状況が禍々しさ

を割り増しにする。

（いや、そう悪いことばかりでもないぞ）

異形の主水が骸で見つかれば大騒ぎになる。赤鬼溺死の噂は、あっという間に浅

草一帯を駆け巡るはずだ。それが聞こえてこないのだから、主水は間違いなく生き

ているのだ。

（町奉行所より先に見つけ出せば済む）

その町方の船が、橋桁に引っ掛かった大きな塵を大わらわで取り除いている。そ

の役目に専念しているのだぞ。多満と主水はこちらが捜すからな。惣介は、船の上

の同心に確と言い聞かせた。無論、腹のうちでだ。

「半鐘が三つ鳴ったのだから、他の家も舟を支度したり逃げる算段をしたりで、人

が外に出ていただろう。何か聞いたり見たりした者はおらんのか」

隼人が質したのは当然だった。誰かいても不思議はなかった。新旅籠町は、享保

十七年（一七三二年）の火事で焼け残った何軒かで営まれる、ごく小さな町である。わずかな異変でも隣近所は気づく。あの大雨の中ならなおさらだ。

が、卓右衛門ははだしぬけに気色ばんだ。

「あまりに奇態な話でございますから、お疑いもごもっともですが。すべて正直にお話しいたしております。ご近所にも聞いて回りましたが、どなたも母の行方はご存じないのです」

「妙なことを言う。　何を疑うと思うのだ」

隼人が厳しい顔つきになったが、卓右衛門は怯まなかった。

「ですから、手前ども夫婦が母親を……」

きぬが袖を引いて、卓右衛門が口をつぐんだ。

近所でそんな噂が立ち始めているのかもしれない。とすれば、この夫婦と多満との間には、日頃からもめ事があったとも読める。

「わたしら、そんなことはちょっとも疑うてまへん。　洪水の片づけはあるし、お疲れや思いますけど、どうぞ、お体お愛いやして」

ここまで黙っていた雪之丞がひょいと愛想の良い挨拶をして、夫婦の傍を離れた。

引き時の狼煙（のろし）だ。

「さて、どうしたものか。どこを捜す」

深い水溜（みずたま）りになった新堀端（しんぼりばた）を北に向かって少し歩んだところで、惣介はなす術な

く左右を見た。

主水が今いるのは、人目につかない場所だ。昼四つ（午前九時半頃）間近の光の

中、英吉利人が通りや路地に現れれば、話はきっと惣介たちの耳にも届く。

「惣介はん、胸のうちは嵐やし、外はえらい臭いやし、辛おすやろ。けど、幾つか

わかったこともありますよって、そうがっかりせんでもよろし」

天文台でのつんけんした態度をすっかり忘れた顔で、雪之丞がぎょろ目を細くし

てやさしい声を出した。

「雪之丞の言うとおりだ。主水のことはさておき、土砂降りの中、多満の乗った舟

に近づいたのが、多満が惚れを抱かない相手だったことは間違いあるまい」

隼人の言い分はよくわかった。

多満は、八十になっても金貸しができるほど、頭のしっかりした隠居だ。それが

悲鳴も上げず抵抗もせず、相手が舟を堀へ押し出せるほど間近に来るのを許してい

る。しかも、他にも逃げ支度をしていた者がいる中、多満の危難に誰も気づかなかった。当人にも周りにも、危ない目に遭っていると感じられなかったわけだ。

ただ一人、主水だけが怪しい動きに気づいて、結果、多満とともに拉し去られたとも考えられる。人助けのつもりで、多満の拐かしに手を貸したこともあり得る。

一人になった多満に近づいた者は、顔の隠れる頭巾や深編笠をかぶってはいなかったはずだ。それでは見るからに怪しい。

その者は、皆がよく知っている誰かだったか、近辺の住人ではないが多満とは顔見知りだったか、悪事を働くとは思えない姿だったか。こう考えてくると、金子やからくり箱目当ての賊、という線は薄くなる。

「もうひとつ。《いと志屋》の夫婦の話は本当のことだろう。ここまで堀が近いのだ。嘘ならもっとあっさりした、誰もが信じる話をこしらえる。多満が増水した堀に落ちて、それを助けようとした主水も一緒に流された、とか」

隼人が筋のとおったことをつけ足し、ついでに如何にもありそうな喩えで、惣介の背中を凍らせた。実際、江戸でばれずに人を殺したければ、川へ投げ込むのが一番だ。出水の最中の大川となれば、道具立ても完璧である。

「だ、だからやはり、舟は多満を乗せたまま、忽然と消えたのだ」

不吉な想像は大急ぎでなしにするに限る。

「主水はんが、その舟に乗ってたとは限りまへんけどなぁ」

うろたえる惣介を尻目に、雪之丞が要らぬことを念押しした。

「黙れ。隼人も雪之丞も、二度と妙なことを言うな。突っ立って役に立たん推量を巡らすのはもう仕舞いだ。俺は、東仲町にある《いと志屋》の見世を覗きに行く。雪之丞、案内しろ」

見世はすでに卓右衛門夫婦が捜しただろうが、他にあてもない。

「よろしおすけど、卓右衛門はんときぬはんは、普段やったら、どなたさんにもにこにこと愛嬌を振りまいて、好かれるお人柄です」

「いえ、卓右衛門はんときぬはんは、普段やったら、どなたさんにもにこにこと愛嬌を振りまいて、好かれるお人柄です」

期せずして、隼人と声が揃った。

「嫌われ者なのか」

「へえ。片桐はんの言うとおりで。わたしもそこが気になってます」

「俺もそう思う。闇雲に動いても仕方がなかろう。新旅籠町の周辺でいま少し調べたほうがいい。案外、あの夫婦か多満が町内の嫌われ者で、町の皆が意地悪く口を閉ざして、見たことを言わずにいるやもしれんし」

「では多満が」
　また揃った。

「まあ、そうかもしれへんし、そうやないかもしれへんし。年寄りは威張り散らし怒り散らしするのが身の養生、いうのんが多満はんの口癖で。どなたにもズケズケとものを言う。怒る。不平を鳴らす。威張る。自慢する。『おかげであたしは、八十までしゃっきりと寝込むこともなしで来た』て、えらそうにして笑うんのは一筋縄ではいきまへんやろ」

　いや、嫌われるだろう。昔から『覚しきこと言わぬは腹ふくるるわざ』と言う。言いたいことを言わずに辛抱していると、食べ過ぎたときのように気分が悪い、の意だが、言いたい放題言われる側はやりきれない。

「ははあ、多満は雪之丞の師匠か。　出来のいい弟子だな」

　いやみのつもりだったが、雪之丞は両掌を顔の前で振って照れ臭げにうつむいた。

「いえ、いえ、わたしはまだまだ。さっきも惣介はん相手に、怒り散らすのを試してみましたけど、嫌われるどころか、自分が何かしたやろかぁ、て気に病んでくれはったし。わたしみたいな質やと、他人様から嫌われるのも並大抵のことやありま

せん」

しみじみ嫌になった。今、このときにも二人の命は危ういことになっているかもしれないというのに、雪之丞一人さえ満足に扱えずにいる。

「そやから、嫌われるかどうかはお相手次第、言うたらええのんか」

「わからんな。奥歯に下駄でもはさまったようにごにょごにょと。雪之丞、いったい何が言いたいのだ」

隼人も焦れた声を出した。

「家の中で多満がそんな態度でいたなら、卓右衛門ときぬは我慢ならないところまで追いつめられていただろう。誰にでも怒っていたなら、隣近所の者も疑える。そういう話か」

「いえ、そうやおへん。その逆、言うのんか——なあ、惣介はん。台所組頭の長尾はんは、いっつもどなたにもガミガミ怒るし、小言ばっかり言うてはりますやろ。それで『こいつ、もう殺しとこ』て思たことありますか」

なかった。こういうお方だと割り切って、聞き流す術を身につけてきた。長尾に気づかれないようあかんべいをしたり、憂さを晴らす手も幾通りかあみ出した。

「暮らしの中で誰かに威張られたり怒られたりして腹が立つのと、その人に害を加

えたり殺したりの間には、だいぶ道のりがある思うんです。怒りや嫌な気持が恨みに変わるための、あとひと押しの何か。生まれ持った質や置かれた立場。そのときの虫の居所や心模様」

ひょいと惣介の脳裏を何かがよぎった。大事なことを忘れている気がした。主水の居場所につながる何かだ。

「旦那方、多満さんをお捜しでございますか」

頭の中で忘れ物を探っているところへ、三人でいる場所のすぐ脇の路地から声がかかった。見返ると、男が二人、女が一人、肩を寄せ合うように立っていた。

男は一人が四十がらみ。手広く商いをしている見世の主人らしい風格があった。もう一人はお店の跡取り息子だとすぐわかる呑気なへちま顔の兄で、出水だというのに上物の単衣を着込んでいる。女は三十路といったところか。人馴れた様子は、長唄か三味線の師匠らしい。

「すいませんねぇ。盗み聞きのつもりはなかったんでござんすが──」

女が愛想笑いを添えて言い訳し始めたのを、隼人がさえぎった。

「こっちも往来で声を落とさずしゃべっていたんだ、気にすることはない。それより、片づけの手を止めてわざわざ顔を見せてくれたのは、多満の行方について心当

たりがあるんだろう。話してもらえまいか」

隼人の笑みに女の頰がぽっと紅くなった。

「ほうら、わたしの言ったとおりだ。下手に黙ってちゃあ、疑られるばっかしで、骨灰になっちまうとこで――」

へちま息子が得々と語り出したのをひと睨みで止めて、主人風が一歩前に出て頭を下げた。

「行方を知っているわけではござりませんが、いくらかはお役に立てるんじゃないかと存じます。先にお断り申し上げておきますと、手前どもは三人とも、いや手前どもだけじゃございません、この町内の者は皆、多満さんには好き勝手に言われておりました」

「そうそう、あんなに口に悪を持つ人は滅多にいるもんじゃない。腹はないと言うけれど、なにせ糞味噌に罵るんだから、それで腹まであったんじゃ堪らない。うちの親よりよっぽどやかましい――」

「やかましいのは、あんただよ。《伊豆屋》さんにまかせて、その口には糊でもつけときなぁ」

へちま息子がしゃしゃり出たのを女が叱って、主人風が《伊豆屋》だと知れた。

「けれど良くしたもので」

《伊豆屋》は悠揚迫らぬ態度で、話をつづけた。

「皆がうち揃って嫌な思いをしていると、集まって多満さんの陰口を叩く楽しみができます。次から次へと他人を煮え返らせますから、汲めども尽きぬ陰口の種ができるわけで」

「それで気が済むよって、えらい目に遭わせたいほど憎んだり恨んだり、ちゅうようなことにはならへん、と」

「左様でございます。お武家様の世間がどうかわかりませんけれど、町人はそんなもので。それでまたあの人は、勘定尽くの世渡り上手で、倅夫婦や奉公人には仏の情け深さですから」

「かないまへんな」

雪之丞が後を受けた。おぬしにそっくりだ、と言ってやりたくなる。だが、《伊豆屋》の話には合点が行った。町人も武士も同じだ。皆が均等に言いたい放題を食らっているなら、しのぎようがある。持ちこたえにくくなるのは、自分一人に悪口や怒りが集まっていると感じたときだ。

「相わかった。出水で難儀しているところを、親身に話しに出向いてもらってあり

がたい。礼を言う」

隼人が物堅く頭を下げると、《伊豆屋》は引き上げようとしたが、それを押しとどめて女が前に出て来た。惣介も雪之丞もこの場にいないかの如く、隼人一人に目が向いている。

「あれ、礼だなんて、いいんでございます。それより、まだお耳に入れたいことがあるんですよ」

女がそう言い出すと、へちま息子と《伊豆屋》がしかめた顔を見合わせて逃げ腰になった。どうやら、話すつもりのなかったことまで女がしゃべり出したものらしい。隼人の御利益だ。親馬鹿さえ振りまかなければ、隼人は晴れていたって清水がぼたぼた滴る男前だ。気に食わないが、それがこんなところで役に立つ。

「あたし、ツタって申します。《いと志屋》さんの二軒隣で長唄の師匠をしておりましてね。昨夜、ひょいと表に出て、多満さんの舟に近づいていくお侍を見たんでございます」

「総髪で大柄な男じゃあなかったか。其奴は幽霊橋を渡ってきたはずで──」

「いえ、そっちは……」

口を挟んだ惣介を、ツタは流れ着いた塵を睨む顔で一瞥してさえぎった。それか

らすぐに、しくじりを悔やむ様子で口をつぐんだ。

へちま息子が大げさに首を横に振った。

「違いますよ。大柄は大柄でしたけどね。月代はきちんと剃ってあった。見間違や

しません。袴の股立ちを取って、供侍みたいな格好でねぇ」

《伊豆屋》は処置なしの態で空を仰いでいる。へちま息子の舌は、ここまで休んで

いた分を取り返そうとするかのように、ぺらぺらとよく回った。

「どちらの御家臣か知りゃしませんが、多満さんに借銭があったのは確かでごぜぇ

すの。『おや、旦那。こんな土砂降りにまたですか。あたしはもう、女郎に貢ぐ銭

は貸しゃしませんよ。どうせ返す気もないんでござんしょうから、いっそ伊能様に

恵んでもらっちゃどうです』ってぇ憎まれ口をきくのを、この耳がしっかり聞きや

したから」

「それからどうなった」

隼人の声がぐっと厳しくなって、ようやくへちま息子は我に返った。

「し、知りません。濡れるのが嫌で、走ってうちへ帰ったんだから」

「そんなはずはない。見たことを有り体に話せ。さもないと自身番に突き出すぞ」

叱り飛ばして隼人が刀の柄に手をやり、へちま息子はびくりと体を震わせて青ざ

めた。《伊豆屋》が深々とため息をついた。

「やれやれ。頼ってこられたときに、こんなことになるんじゃないかと案じたんだが、やっぱりだ。ツタさんも与助さんも、しようのないお人だよ。お武家様方、どうぞ許してやって下さいまし。二人とも悪気があって黙っていたわけじゃございませんので。怖くて逃げ出したものの、気が咎めて手前のところへ相談に来たんですから」

体をふたつに折って《伊豆屋》が頭を下げた。

「もうあんまりお話しすることも残っちゃいません。与助さんはツタさんの逃げ支度を手伝いに来ていて、件の供侍が多満さんの乗った舟を堀に押し出すのを見たんでございます。そこへ、さっき仰った総髪のお侍が幽霊橋を渡ってきて、揉み合いになった。で、二人は恐れおののいて逃げた。そんな事情でございます」

へちま息子改め与助とツタが、縮こまってうなずいた。

主水のことがあるから、実のところ、自身番に行くのはこちらも都合が悪い。せっかく五里霧中の霧を払ってくれた三人に、累が及ぶのも気の毒だ。そうして、これは願ってもない折りだ。惣介は《伊豆屋》とツタと与助に等分に目一杯の笑顔を向け、最後に《伊豆屋》に視線を落ち着けた。

「相手が侍だったのだ。ツタと与助が怯んだのも無理はない。よう思い切って話してくれた。残りはこちらで引き受けよう。町方にも上手に言うておくから心配はいらん。ところで、ものは相談だが——」

（六）

新堀は、幽霊橋をくぐったあと、天文屋敷の角で下谷の方角から流れてくる鳥越川に合流し、鳥越橋、天王橋を抜け、浅草御蔵の下ノ御門脇を通って大川へと流れ出る。

惣介の交渉に応じて、《伊豆屋》は頼りになるしっかりしたしつらえの日除け船を、手練れの船頭付きで貸してくれた。それでも、いざ大川へ漕ぎ出すと肝が冷えた。増水してどうどうと音を立てる大川に浮かべば、あと五人やそこらは余裕で乗れそうな《伊豆屋》の船も木の葉同然に感じられる。

（雨風の中を、これより小さい舟で大川へ出たのだ。さらう方も死ぬ気でいたろう）

返しきれない額の借銭。振り向かない女郎。それだけでも浮き世に嫌気が差して

不思議はない。だが、悪事へと一歩踏み出すきっかけが何かあったはずだ。ごく些細さいな何か。

すでに、昨夜、多満と主水を乗せた舟をこいでいたのが誰かは、わかっていた。

多満はやって来た侍に『いっそ伊能様に恵んでもらっちゃどうです』と言った。

与助がそのことを明かした刹那せつな、惣介は忘れていた臭いを思い出したのだ。

『伊能様』は無論、景保の亡父、高橋至時よしときのもとで天文や暦を学び、この国の津々浦々を測量して回った伊能忠敬ただたかの家だ。景保は二十歳で父の跡を継ぎ、忠敬の全国測量の役目が完成するまで支えた。父子二代に渡って、伊能の家と高橋家との縁えにしは深い。幕臣なら誰もが知る話だ。

それで心づいた。惣介が、諏訪町の組屋敷を出て以来、たった一度だけ嗅いだ主水の臭い。それは景保の家臣の体に染みついていた。天文屋敷の門前で倒れる寸前に、惣介の鼻が嗅ぎつけた異人の体臭。あれは幻ではなかった。目の前にいた宇面利三郎からただよってきたものだった。

宇面は『末沢殿は、諏訪町の御台所組組屋敷に移られた。そちらをお訪ね下され』と空惚そらとぼけ、『末沢殿が来たなら、気づかぬはずはない』『他をお捜し下され』と

突き放して寄越した。言葉どおり、半月以上も主水に会っていないなら、宇面から主水の臭いがするわけもない。

宇面は生き延びて、荒れた大川から天文屋敷に舞い戻っていた。連れ去ったのが多満だけなら、借金の証文が入ったからくり箱と共に大川へ突き落とし、何食わぬ顔ができたろう。骸が岸に流れ着いても、出水による死者に数えられて仕舞いだ。

しかし、思いがけず主水まで抱えることになった。生かしておけば、おのれの悪事が表に出る。かといって川に投げ込めば、江戸にはいないことになっている英吉利人が、骸となって川端へ打ち寄せられる。騒ぎになれば主家が巻き込まれ、転びようによっては、家名断絶で給金も住むところもなくなる。高橋家が無事でも、自分が殺しの疑いを受けるかもしれない。

『殿もそれがしも昨夜は寝ずの番で、水に備えておりました』と、宇面は言った。

そう長く天文屋敷を留守にはできなかったのだ。

と、ここまでは船に乗る前に、隼人と雪之丞に向かって話してあった。

「当座どこかに閉じ込めて、天文屋敷へ取って返したに違いないのだ。そのどこかは、宇面にとって勝手次第にできる場所。役宅が繁多となれば後回しにされる所――

――」

76

第一話　半夏水

　珍しく惣介の推量に黙って耳を傾けていた雪之丞が、手柄顔でさえぎった。

「それはもう他でもない。殿さんの別宅ですやろ、七福神の寿老人をお祀りしてる白鬚神社の隣の。滅多に人も来はらへんようやし。わたしでも、いっぺんも行ったことあらしませんもん」

　すべては、そうであってほしいをつなぎ合わせた憶測だ。醒めた目で見れば、主水も多満も骸となって大川を下り江戸湾へ流されていった公算が大きい。わかってはいた。が、誰もそれは口にしなかった。

　そんな風で、船は惣介、隼人、雪之丞を乗せて、向嶋の大川端を進んでいた。切れた熊谷堤の周辺は無残なことになっていた。それでも、吾妻橋を過ぎると冠水は川岸に限られ、向嶋の被害はさほどでもないようだ。

　去年の夏、鈴菜の縁談相手だった近森銀治郎に会いに、この川端を船で堀切村まで下っていったことを思い出す。あのときもどこからか寂しい気持でいたつもりだったが、今の重苦しい気分に比べれば、夜祭に出かける子どものはしゃぎようであった。

「まさかとは思うんどすけど」

船端にしがみついて蒼白い顔でいた雪之丞が、振り返って惣介を見た。

「あそこのおうちは、殿さんも遊郭通いがお好きなんどす。宇面はんが、君命で動かはったんやとしたら……」

船頭の耳をはばかってか、大揺れの船で気分が悪いのか、雪之丞は仕舞いまで言わずに口を結んだ。

多満は『あたしはもう、女郎に貢ぐ銭は貸しゃしませんよ』とも悪態をついている。

大鷹が景保を評していて『少々……』と笑いを堪えたことも、頭に浮かんだ。

(そんなはずがあるか。主水はあんなにも景保様のことを案じていたのに)

おのれに言い聞かせながらも、額に冷たい汗がにじむ。

(余計なことを言うてくれる。だいたい雪之丞は、どうしてついて来たのだ)

巧い言い逃れをひねくりだしては、危ういことを避けて通る。それが雪之丞のやり方ではないか。ところが今日に限っては、誘いもしないのに船に乗ってきた。青息吐息で、俎板の上の鰻みたいに伸びているのだから、大人しくしていればいいものを、妙なことを思いついて、惣介の陰鬱の種を増やしてくれる。

「そりゃあ、ない。あのお方なら多満の銭に頼るまでもない。伊能の家が幾らでも貸してくれる。現にこの別宅も、伊能家が金を出して建ったともっぱらの評判だ」

隼人が笑い飛ばした。

「何ゆえおぬしがそんなことを知っている」

呆気にとられた。隼人は世間の噂話なぞ湊も引っかけない男だった。親馬鹿が高じると人品まで変わるのか。

「ちと調べたのさ。俺にだって、伝手のひとつやふたつはある。おぬしから主水を預かった話を聞かされて、また面倒に巻き込まれやしないかと案じられたのでな。

惣介は、どうもその手の細かな用心を怠る癖があっていけない」

「いらん世話焼きをする奴だ」

言い返したものの、温かな心配りは胸に沁みた。惣介が腹の中で隼人を拝んでいる間に、船頭が苦心しながらも、白鬚神社の側の船着き場に船を寄せた。

堤の下はふくらはぎまで水があったが、ぬかるんだ土手をどうにか登ると、道は泥田の有様ながら水は溜まっていなかった。八代竜王が、隼人の願いをわずかながら聞き届けてくれた、そんな気がした。主水のことも、八代竜王が守っていてくれはしまいか。

（主水。助けに来たぞ。共に諏訪町へ帰ろうなあ）

惣介は祈る思いで、泥の中を急ぎ足になった。

景保の別宅は、白鬚神社の境内と見事な松林とにはさまれた、こぢんまりとした庵のような建物だった。垣根の外も内もぬかるんで足跡が残っているが、寂として人の気配はない。

景保は『宇面を筆頭に数名が出て捜している』と言っていた。ここはもう捜し終えた後かもしれない。

（やはり駄目か）

背中が粟立ち、胃の腑の辺りがもやもやと気色悪くなった。

離れを抜け出したことにもっと早く気づいていれば、と口惜しい。景保を案じる主水の気持にきちんと寄り添ってやれたなら、と悔やむ思いがこみ上げる。

（飯の炊き方さえ、満足に教えてやれなかった）

打ちひしがれてがっくりと頭を垂れたとき、庵の戸が開いた。ふっと主水の臭いが鼻先をかすめた。血の臭いも亡骸が発する腐臭もない。

（中にいる。そして主水も多満も生きている）

惣介ははやる心のままに、戸口へと走り寄った。同時に中から侍が出てきた。宇面だった。

「何ごとです。ここは別宅といえども旗本の屋敷内だ。其処許らが、みだりに入り込んで良い場所ではござらん」

宇面はピシャリと戸を閉めその場に仁王立ちして、惣介と背後に立った隼人を交互に睨めた。雪之丞は垣根を入ったところに立ち止まったまま、様子見の顔でいる。

「無礼は承知でお頼みする。建物の中を改めさせてはもらえまいか」

誰にもわからなくとも、惣介は「臭い」という証をつかんでいるのだ。だが、宇面は首を横に振り、無言で惣介を睨み据えただけだった。

「引き下がるつもりはない。無理にでも中を見せてもらう」

惣介は強引に宇面の脇をすり抜けようとした。何が何でも中に入らなければ、荒れる大川を下ってきた甲斐がない。宇面は惣介を突き飛ばし、刀に手をかけた。

ぬかるむ土の上を三歩よろめいてかろうじて踏みとどまり、惣介もとっさに刀の柄を握った。湿った目貫の感触は、いつもにも増して重くよそよそしく、とても抜刀できる気はしなかったが。

「別宅の内に、何かご都合の悪いことでもありますのんやろか。ないんやったら、ちょっとぐらい覗かしてもろても、かましまへんやろ」

雪之丞が声を張っておいて、垣根の陰にすばやく身を隠した。

口だけ威勢良く参

戦。如何にも雪之丞らしいが、普段ならそれすらしない奴だ。

「これしきのことで抜刀するつもりか。尋常ならざる振る舞い。戸口の奥に、誰ぞを取り籠めていると見た。白状しろ。中に多満と主水を捕らえているだろう」

凜々と喝破するつもりだったが、声がうわずった。黙して立ってるだけの宇面に気圧（けお）されたのだ。我ながら不甲斐ない。

しかも宇面は惣介を目の端にもとらえていなかった。声さえ聞こえていたかどうかあやしい。

宇面の視線はひたすら、正面にいる隼人に向いていた。隼人もまた、両手を下ろしたまますくりと立って、じっと宇面を見据えていた。どちらの腕が上か、互いに値踏みしているようでもある。心の底を覗き合っている風にも見える。

（なぜ隼人は動かん。宇面はそれほど強いのか）

もしそうなら——惣介は薄ら寒い思いで、つましい別宅を眺めた。惣介と雪之丞は、剣を抜き合うことになったら物の数には入らない。足手まといになるばかりだ。主水も多満も、もちろん助けたい。だが隼人に無茶をさせることはできない。

（ここは一度退くか）

惣介は答えを求めて隼人の顔に目をやった。

隼人は少し目を細めてじっと宇面を見ていた。睨みつけているのではない。眼差しはあくまで静かだった。ゆっくりした呼吸に合わせて、顔がわずかに上下する。口元は柔らかく結ばれ、どこにも殺気はない。

隼人の沈黙の意味を読み切れないまま、惣介はその場に立ち尽くした。柄を握りしめた掌が汗に濡れた。

「観念しはったほうがよろしおす。もはやこれまで、どっせ」

雪之丞のひと声を弾みとしたかのように、宇面は刀を抜いた。近くに突っ立っていれば、隼人の邪魔をするばかりだ。惣介は、手入れの行き届いた庭の中へ大きく後ずさってしゃがんだ。隼人が劣勢になったら、泥をつかんで宇面に投げつける。その心積もりだった。

隼人がゆっくりと剣を抜き、正眼に構えた。

「えい」

高ぶった大声とともに、宇面がまっすぐに突きを入れた。が、踏み込みの小さな突きは隼人には届かなかった。隼人が体を躱して突き出された剣を叩くと、宇面は前のめりになってしどろ足で泥濘に膝をついた。

（此奴、斬られるつもりか）

ようやく、隼人が黙して宇面に目を据えていた理由が知れた。　宇面はここで死にたがっている。そして隼人は、宇面を斬りたくないのだ。

隼人の切っ先が落ちてくるのを待つかのように、宇面は片膝を地面についてしばし動かなかった。が、じきに諦めたらしく、唇を噛み隼人を憎しみの目で振り仰ぎ、それから立ち上がった。　汚れた手で太刀を構えなおし、間合いを取って口を開いた。

「我が殿に伺うてくれ。なにゆえ今さら、俺と馬場佐十郎を比べたのかと。　学問の力で劣ってはいても、俺は俺なりにできる限りのことをしてきた」

言い捨てるなり宇面はくるりと向きを変え、八双に構えて、雪之丞のいる垣根へ走り出そうとした。　その背中に隼人の剣が振り下ろされた。　刀の峰が肩に当たる鈍い音がして、宇面は泥の中へどっと倒れ込んだ。

（七）

「まずは口が動くように して下さるのが、親身ってもんじゃござんせんか。　手足は後でかまやしないのに。　そのぐらいわかりそうなもんですけどねぇ」

宇面を放り出したまま三人で戸口へなだれ込み、別宅の座敷に転がされていた多

満と主水を見つけ、体を縛り上げていた縄を解き猿ぐつわを外してやった。その途
端に、多満が叫んだのがこの科白だ。

次のひと言は「水見舞いに来るのに、握り飯どころか竹筒一杯の水もなしでござ
んすか。やれまあ、気の利かない」だった。皺だらけの顔に倅に似た垂れた目と小
ぶりな鼻、それにおちょぼな口元は、しゃべらなければ可愛らしい婆ぁさんと感じら
れただろうが。

主水は男泣きに泣いて、いくら止せと言っても頑として聞き入れず、詫びの言葉
を並べつづけた。ようやく止まったのは、多満に「お黙り」と一喝されてである。

多満はその後に、

「まったく。箱根から向こうの男は、顔が妙ちくりんなだけじゃ足りずに、泣きみ
そなのかい」

とつけ加えて、惣介をさらにほっとさせた。ふみが同じように、主水のことを
『箱根から向こう』の生まれだと決めて納得しているのだ。

泣いたといえば、雪之丞もそうだった。多満とともに行方知れずになっていた世
にふたつとないからくり箱が、ぐしゃりと踏み潰されて、座敷の隅に落ちていたか
らだ。宇面は中の借銭証文を取り出そうとしてどうしても開けられず、結局、箱を

壊して中身を焼き捨てたのだった。

「ああ、もう。えらい思いして船に乗ってここまで来ましたのに」

「いやに熱心に探索に加わると思うたら、目当てはやはりからくり箱か。たとえ無傷で見つかっても、それは多満の物だろう」

思わず呆れ声が出た。

「そらそうですけど。えらい目に遭う因になった箱やし。験が悪いですよって、もういらん、いうことになるのんが世間の成り行きですやろ。そのときに近くにおったら、黙ってても頂戴できる、て思いませんか」

思わない。決して思わない。

「捜しに来てくれた礼に、潰れたのでよきゃくれてやるよ。ついでに言っとくけど、潰れてなきゃ、誰がやるもんか」

多満が雪之丞に向かってニヤリと笑った。雪之丞にも勝てない相手はいるようだ。

陽のあるうちは、主水を別宅から動かすことはできない。だが多満は早く《いと志屋》に帰してやらねばなるまい。そうして、いくら多満に可愛げがなくとも、主水と多満には水と食い物が必要だ。

算段をつけるため、隼人と二人で外に出ると、宇面は逃げていなくなっていた。

主水のことがある以上、明るみに出すわけにはいかない一件だ。宇面を捕まえても処罰は難しかったろう。景保にとっても、惣介にとっても、諸藩に対する幕府の手前を考えても、これが一番良かったのかもしれない。

（隼人もそう考えたから、峰打ちで倒した宇面を放置したのだろう）

わかってはいた。だが、なぜか惣介の胸のざわめきは、一向に収まらなかった。

ただひとつの救いは、どういうわけか、これもまた多満の小僧らしい舌だった。

「倅夫婦とお番所には、見たこともない侍に舟ごと堀へ流されたって、言っといたげますよ。こう見えてあたしゃ口が堅いんだ。へまをして賊を逃がしちまったなんてこたぁ、もらしゃしません。そんかし、こいで貸し借りなしだ。助けてもらった礼はなし、ってこって」

信じても大丈夫な気がした。

主水は、天文屋敷の後片付けを手伝いたい、と言い張ったから、気が済むまで景保の役宅に滞在することになった。戻るときには景保が駕籠を仕立てて、諏訪町まで送ってくれるとの約束だ。宇面の行方は杳として知れないままだった。

皐月も末が近づき、明日には主水が帰ってくるという日の夕、家斉からの召し出しがあった。主水を預かると決まったときに、家斉からは、

『惣介も英吉利の料理を習うたら良い。修業の成果が余の前に運ばれてくるのを楽しみにしておるぞ』

と、仰せつけられている。しかしながら、そんな機会は未だないままに過ぎた。惣介は思案投げ首した挙句、黒人飯を作ることに決めた。黒人は阿蘭陀人の別称で、英吉利人を指すわけではない。重々承知だが致し方ない。

宵五つ（午後九時前）にとのことだったから、惣介は夕方のうちに葱を購いに出た。当番の同輩が皆引き上げるのを待って、再び火を熾し、飯を炊き、出汁を取り、焼き網を炙った。

本来、黒人飯には鯵を使うが、城中では用いない魚である。葱はともかく、日暮れの町で活きのよい魚を手に入れるのは難しい。ここは御膳所に残っていた鯵で代用することにした。

鯵は三枚に下ろして、身のほうは中まで火が通る程度に、骨はじっくりと炙る。

この料理の肝は、じっくり炙った骨をすり鉢で丁寧に擂って、かけ汁に混ぜるところにあるのだ。

焼いた身はざっとほぐしして、炊きあがった飯に混ぜ合わせておく。身を壊さないために、しゃもじを切るようにざっくり入れるのがコツだ。すり潰した骨には梅の実ひと粒くらいの味噌を足し、大ぶりの湯呑み一杯分ほどの出汁でのばし、鍋に漉し入れてひと煮立ちさせる。

鰺の身入りの飯を椀に盛ったら、後は小口に切った葱と千切りにした紫蘇を載せて、熱々の汁を上からかける。紫蘇は本当なら穂紫蘇を飾って、ぷつぷつした食感を足したいところだが、時季外れだから仕方がない。

御小座敷はいつものとおり、人払いが済んでいた。

座敷はむし暑く、ひと月半ぶりにお目通りする公方様は、少し痩せてやつれたようだった。元々すんなりした頬から顎にかけての線が、今夜は翳りを帯び削げて見える。卯月に起きた西の丸の刃傷沙汰が堪えているのかもしれない。先日の出水で流された民と田畑を案じているのもあるだろう。

「次は英吉利料理をとの仰せでございましたが、未だ末沢殿に教えを請うにいたっておりません。外つ国の縁で黒人飯を持って参じました」

口上とともに、家斉の座した上座敷に椀を載せた膳を下ろし、下座敷に戻って平

伏する。いつもどおりの手順だ。

「末沢主水はそちの弟子だ。余の前だろうが、主水と呼んでかまわんのだぞ」

からかう声音で椀を取り上げ、箸で薬味を片寄せておいて汁を啜り、家斉はほうと息を吐いた。

「近頃どうも食が進まんでな。今日の夕餉もだいぶん残してしもうたが、この出汁の濃い味噌の汁は美味いな。ただの出汁とは違うようだが」

「鯵の骨を余さずすり潰して混ぜてございます。魚の骨はそのままではお召し上がりになれませんが、焼いて擂りますれば滋味豊かな出汁がでますので」

「ふうむ。かびたん飯と申す一品も、鯛の骨を粉に擂って使うやに聞いた。骨を余すところなく使う料理に阿蘭陀ゆかりの名をつけるのは、かの国の者が倹約上手であるのにちなんでかの」

自分の言葉に自分で笑って、家斉は椀の中身をざくざくと平らげた。

食が細ると気分も沈みがちになる。たとえ将軍であっても、人は人。そこは同じだ。出来たての熱いひと椀が、家斉の食欲を呼び起こしたと思うと嬉しかった。

「主水の修業はどうだ。少しは進んだか」

空になった椀を膳に下ろし、惣介の淹れた茶を持ち上げたところで、家斉は再び

主水の名を出した。命により預かった以上、こちらの不手際も包み隠さず言上するのが筋だ。今夜、お召し出しがあったときに、惣介はそのように覚悟を決めていた。

主水の不器用ぶりから始めて、出水の晩から翌日にかけての経緯まで、今夜の鯵の骨同様ひと欠片の残りもなしに話し終えると、すっかり肩の荷を下ろした心持になった。

「難儀をかけるの」

家斉は笑ったり唸ったりしながら聞いていたが、惣介が口を閉じるとまず最初にそう言った。

「身に余るありがたきお言葉」

と応えたものの、つづけて正直にしゃべることが許されるなら、主水にはどなたがそれがしよりも相応しい師匠を——と口走ってしまいそうだ。そんな惣介の心持を見抜いたかのように、家斉はわずかに身を乗り出した。

「とはいえ、主水との関わりが、惣介を高橋景保に引き合わせた。そうであろう」

「御意」

言われてみればそのとおりだ。主水から学ぶことも多々あるはず。それもすでにわかっている。

「惣介は景保をどう見た」

「お心の大きな、闊達なお方だと」

「ふむ。あれは秀でた男だ。以前には、外つ国との交渉ごとは長崎奉行ではなく幕府が直々に行うべき、との建白を上げて寄越した。言うとおりに仕組みを変えたおかげで、今のところ大過なく事が収まっている」

求められてのことかもしれないが、下級旗本が剛胆な変革を建白したことに驚かされる。役宅の火事の折りに、職を辞そうとした景保を、幕府の上つ方が引き留めたのもうなずける。

「ただなあ。彼奴は頭が良すぎて、凡庸な者の心の動きに疎い。悪事に走った家臣が名指しした馬場佐十郎は、景保の天文方の手下で蘭語にも勝れた逸材であった。が、一年たって未だに佐十郎を惜しんでいては、生きて仕えている配下や家臣は面白くあるまい」

主水の名を口にしたときの、宇面の強張った顔が思い出された。おそらく景保自身には、依怙贔屓の自覚はあるまい。けれど、そう感じている者がいる。

家斉は茶を飲み干して腕を組んだ。

「景保は、おのれが伸び伸びと息をしておるゆえ、窮屈に世間を渡る者の胸の澱み

が、如何ほど怖いか気がつかん。今は、若年寄、堀田摂津守の庇護があるが――」

景保の別宅で惣介が感じた胸のざわめきのわけ。それを家斉が教えてくれた。宇面が景保に抱いた折れ曲がり歪んだ感情。それが、ひとり宇面にとどまらないとしたら、景保は気づかぬうちに幾人もの敵を作っていることになる。

「金の工面、諸藩の動静、京の動き、外つ国との係わり合い。政はだんだん難しゅうなる。この国をどう導くかで、幕閣の考えがぶつかることもあろう。もし、誰ぞが景保の賢さを邪魔に思うたなら、彼奴のこの国の器に収まり切らぬ天衣無縫ぶりは、身を危うくする因にもなる……」

すでに将軍の視線も心も、惣介には向いていなかった。いることさえ忘れられている気がした。

御小座敷の外では、夜の蟬が闇を埋め尽くす勢いで鳴いている。気づいて耳を澄ませば、海の外の騒ぎもこれと変わらぬ激しさであるに違いない。騒ぎは遠からず出水のように押し寄せ、この国を根元から揺るがすかもしれない。

（切れた堤の傍にいれば、流れに足をすくわれることもある）

俺にいったい何ができるだろうか――鈴菜の顔が、小一郎の顔が、仁と信乃のあどけない姿が脳裏に浮かぶ。惣介は途方に暮れて、じっと畳に目を据えた。

第二話　大奥　願掛けの松

（一）

「干瓢は、夕顔の実をくるくると細長く剝いて日に干して作る。よく名を知られているのは、摂津国の木津干瓢や水口藩の品だが——」

鮎川惣介は末沢主水に教えながら、干瓢をざっと水でもみ洗いし、水を入れた鍋に放り込んで、火の熾った竈に載せた。

「これは、今年の夏の終わりがけに下野国で作られた白瓢の干瓢で、関八州の内では、まずとびきりの品だ」

干瓢は乾物だが、鰹節や豆ほどには保存が利かない。置くうちに色が変わる。今、葉月の終わりに手元に届いたときは、卯の花もかくやとばかり鍋に入れた干瓢も、忙しさにかまけてひと月使わずにいる間に、夏の日盛りに表に白かった。それが、

に放り出してあった読み本のごとく黄ばんでいる。

色が変わっても味が落ちることはないが、仕舞い方をしくじれば、虫がついたり黴が生えたりもする。そんなこんなで、風味良く楽しめるのは、夏の終わりから春の初めくらいまでだ。

「これはまた、何の煮炊きもしておりやせんのに、甘辛に炊いた油揚みたいな旨そうな匂いがしますなぁ」

主水が、台に残った干瓢の欠片をクンクン嗅いで、そのまま食べてみたそうな顔をした。

「うむ。よく嗅ぐと微かだが甘い花の香りもするぞ」

主水は水無月の始めになって、ようやく天文屋敷から諏訪町へ戻った。帰ってきたら一度、肝胆を相照らして話をするつもりでいたが、こちらも日々の暮らしに取り紛れて――というか、改まって「俺のこれまでの態度は」とか「おぬしの身の上は」とか切り出すのが気恥ずかしくて、格別のことはできずにいた。

「お師匠様ほど嗅ぐ力はありゃしませんので、花の匂いはようわかりません。しながら『干す椎茸』の匂いはいたしますな」

主水は主水で、呑気そうな顔をして、変わりなく惣介を「お師匠様」と立ててく

れる。そうしてときどき言葉を間違える。宇面のことだけは、心に封をしたかのように、半句も語らずにいた。

『干し椎茸』と同じょうに、干瓢からも良い出汁が取れる。町人はこの出汁で煮物をこしらえたりするのさ。だがまあ、この頃の江戸では、干瓢と言えば海苔巻きの具。海苔巻きと言えば干瓢が相場だ」

しゃべりながらも惣介は、背中に片桐隼人の視線が突き刺さるのを感じていた。

だが、振り返りたくなかった。

(せっかくの非番。それも秋の終わりのよう晴れた朝だ。大奥の話なぞ、誰が聞きたいものか)

隼人は小半刻（約三十分）前に、渋っ面で肩を落として訪ねて来た。

何があったと訊ねたわけではないが、朝五つ（午前八時前）にこんな様子でいるからには、悩みの種は大奥周辺でにょきにょき芽を出したのに決まっている。

（大奥は、一昨日が長月最後の観菊会だった。で、添番は昨日、中に入って後片付けをした。どうせそこで面倒が起きたのだろう）

一昨昨年の暮れ、一昨年の夏、冬、そして去年の正月――大奥に関わる都度、碌でもない目に遭った。五度目の正直で、今度はおのれが命を落とすような気がする。

隼人にしゃべる隙を与えず主水のいる離れへ連れ込んだのも、そこでさっさと海苔巻き作りにかかったのも、大奥のおの字を聞きたくないからだ。『大奥のことは城外では一切他言無用』の決めがある。主水がいれば、大奥のもめ事は隼人の舌から先へは出てこられまい。そう当て込んでいた。

鍋は沸いたあともしばらく火にかけて、干瓢を好みの柔らかさに茹でる。茹で汁を残して笊に上げ、さっと洗って水気をしっかり取る。それから、海苔に合わせた長さに切る。あとは、茹で汁と出汁を合わせた鍋に、醬油と砂糖と味醂をそれぞれ、三、二、一の割で足し、切り揃えた干瓢を戻し入れ、落とし蓋をして汁気がなくなるまで煮込む。

煮すぎるとくたくたになってしまうし、煮たりないと硬い。煮汁の分量が大事だ。

「甘さ辛さは好みで変えればいい。煮上がったらゆっくり冷ますのがコツだ。それで味がよう染みる——」

主水への指南をさえぎるように、隼人が乱暴な音とともに立ち上がった。

「まったくおぬしは友だち甲斐のない奴だな。娘を持つ父として、少しは親身になってくれても良さそうなものだ。干瓢とうちの信乃と、どっちが大事だ。ええい、

「もう頼まん」

捨て台詞を聞いて、惣介は慌てて見返った。

「相談とは信乃のことだったのか。それを早く言え」

「早く言えも何も、惣介は俺にひと言もしゃべらせなかったではないか」

「これから聞こうとしていたさ。いいから座れ。寿司飯をこしらえながら、じっくり耳を傾けるつもりだった」

惣介は愛想よく嘘をついた。大奥のことでないなら、いくら聞いても安穏だ。父親としての悩みなら、こちらもいい気分で先達ぶれる。

「入り用なら四谷までつき合ってもかまわん。ついでに双子に海苔巻きを持って行ってやろう」

安く請け合って、まずは、むっつり顔の隼人を離れの炉端に落ち着かせ、向かい合わせに主水を座らせた。ふたりの間に、一度濡らしてから晒しでよく拭いた白木の飯台を置いた。

飯は昆布を入れて少し硬めに炊いた。これを釜を逆さにして飯台の中程へ放り込み、塩一、砂糖三の割で調味した合わせ酢を回しかけ、濡らした木杓文字で大きく返す。それから、飯台の木の目に沿って、向こうから手前へ切るように混ぜる。

「こうやって、飯を潰さぬように気をつけて、合わせ酢を隅々まで行き渡らせる。やってみるがいい」

惣介は主水に杓文字を渡して、隼人へ顔を向けた。

「さて、信乃がどうした。二歳（現在の一歳）半ともなると、ずいぶん手が掛かるだろう。我を張るし、さりとて言うて聞かせてわかる歳でもない。歩みはしっかりしてきたろうが、分別はない。そのくせあれこれ試したがる。おぬしのところは、それが二人分だからなあ」

鈴菜の二歳の頃を思い浮かべれば、はらはらしながら後を追いかけて走ったこと、意味の通じない片言で頭が痛くなるまで話しかけられたこと、「いや」と「やだ」を一生分聞いたこと、茶碗や湯呑みをやたらひっくり返されたことなどなど、若き日のおのれの草臥れ嫌気の差した顔が、累々と目蓋の裏を通り過ぎる。

「この頃、何かにつけて仁を殴る」

「そりゃまた勇ましいな。双子は仲良う遊んでくれて親孝行だと聞いたが——」

「仲はいい。一緒によく遊ぶ。大泣きする。やかましくてかなわん」

転ぶ。喧嘩になる。二人で走り回ってたいそうな騒ぎだ。そうしてすぐ言いつつも、隼人はそこはかとなく嬉しげなのだった。げんなりすることと同じ

くらい、笑いや楽しみも溢れているはずだ。

「にぎやかで目出度いではないか。何の不平がある」

惣介の問いに、隼人が眉を曇らした。

「信乃が仁の持っている物を、千代紙でも鞠でも紐でも何でも欲しがる。仁が素直に渡せば良し、渡さねば信乃が仁を拳で殴る」

「ははあ、それで殴り合いになって――」

「いや、そうはならん。仁が泣いて、信乃は欲しい物を手に入れて、決着がつく」

返事に窮した。それより何より笑いを堪えるのに困った。

逆なら――仁が信乃を殴るのなら、話は簡単だった。仁に大目玉を食らわし、わからぬなりにも「女を殴るなど、男の風上にも置けん」と教え込めばいい。

双子とは言え、仁は信乃より背が伸びるだろうし、何より片桐家の嫡男として、いずれ太刀を帯びる立場になる。力に訴えて我を通すなど、武士にあるまじき振る舞いだ。当人のためにも片桐の家のためにも、早いうちから躾てやめさせるに如くはない。

翻って、信乃の手荒なやり口は、武家一般の考えに従えば「おなごが手を上げるとは何ごと。しおらしうせぬか」と叱るべきことだ。それは隼人も重々承知だろう。

けれども、世間の気に入るよう慎ましやかに温順に育つことが、娘当人にとって決して幸いにならないのも、また本当のところだ。

腹の底を探れば、大事の娘を、他人様の都合に唯々諾々と従う可哀想な質に育てたい親が、どこにいようか。

無論、自らの思いより世間の目を先にしてしまう親はいくらもいる。だが、隼人と八重は、そういう風ではあるまい。

とはいえ。

「殴るのはいかんな。止めて叱る、くらいしか手は思いつかんが」

「俺と八重と母で、しつこいほど言い聞かせ言い聞かせしているが、なかなか効き目がない。おまけに、厳しく叱ると隠れて殴る」

隼人の返事はため息混じりだった。信乃がこの二人の気性を受け継いでいるなら、ちっとやそっとのことではおとなしくなるまい。

「それがしの故国には〈れでぃいすふぁすと〉なる習いがございましてね──」

主水が、飯を混ぜ終えたことを告げる代わりに、口を挟んだ。

「何ごとも女の人の気持をまず第一に考えるのが礼儀、ってぇことになってます。

実のところ形ばかりでござんすけれど。この場合に当てはめるなら、信乃さんが鞠を欲しがったなら、仁殿が譲ってやる。それを作法とするわけでござるな」

「その〈れでふぁすと〉とやらも、どんな得手勝手でも認めるわけではなかろう。今の信乃は気儘が過ぎるのでなあ」

嘆息の中に埋もれている隼人を放って置いて、惣介は主水の寿司飯を検分した。

「これは上手くできた。妙な固まりはないし、艶もある。腕が上がったなあ」

世辞ではなかった。まんべんなく酢を浴びてぴかぴか輝く飯が、平らにならされて飯台に収まっている。惣介はこれを今一度、杓文字で底から返してまとめ、よく絞った晒し布を掛けた。

料理の指南を始めたばかりの頃に比べ、主水は格段に上達した。惣介の功ではない。細かい仕事の苦手な主水を、倦むことなく教え導いてきたふみの手柄だ。

そのふみは、今朝も鈴菜につき合って神田へ出かけている。そこに思いが及ぶと、隼人同様、惣介の口からもため息がこぼれた。

「弟子入り修業して本道医(内科医)になりとうございます。懸命に励みますゆえ、何卒、お認め下さいまし」

鈴菜が惣介と志織の前に手をついたのは、皐月の晦日だった。

鈴菜は、十六になっても、武家娘らしい仕草や振る舞いにはとんと縁がなかった。稽古事もせず、町娘と一緒になってふわふわ遊び回っていた。それでも親としては、遠からずどこかへ嫁ぐのだろうと考えていた。誰やら想い人がいるらしいと気づいてもいた。ところへ、いきなり降って湧いた医者修業の願いである。

腕のいい医師のところへ弟子入りして修業を積む──医師を志す者なら誰でもそうする。ただし世の習いでは、この「者」はたいてい男だ。世間に女医者がいないわけではないが、それは縁遠さへとつながる道だ。

思いがけない頼みに、惣介と志織は慌てふためいた。鈴菜が寝た後でこそこそと額を合わせ、果ては、どういうわけか、所帯を持ったばかりのことに遡って夫婦喧嘩になった。

そうやって、ふた親がまごついている暇に、鈴菜は、家族ぐるみでつき合いのある滝沢宗伯に、自身で頼み込んで弟子入りを決めてきた。宗伯の父である曲亭馬琴のところへも、ひとりで挨拶に出向いた。

以来、四月。一日も休むことなく神田同朋町にある宗伯の家へ通い、宗伯と同居している馬琴の妻、百の口うるさい小言にも耐えている。

娘の無茶に悩まされているのは、何も片桐家ばかりではないのである。

吉の子守をしている。と、まあこんな事情だ。

るのはためらわれた。そこでふみにお供を頼んだ。代わりに志織が、ふみの倅、伝

痩せても枯れてもじゃじゃ馬でも、鈴菜は武家の娘だから、一人で神田へ通わせ

（幼い間も年頃になっても、娘はとかく厄介だ。親となったが百年目だな）

くよくよしてもどうなるもんじゃない。惣介は立ちのぼる磯の香りを楽しみなが

ら海苔を炙った。主水にも海苔を炙らせたが、端がチリチリと柳色に焦げたから、

これは隼人に食べさせた。焼いた海苔は巻き簀に載せ、巻き止めを一寸弱（約二セ

ンチ）残して寿司飯を広げた。巻き止めには飯粒を散らして、のりしろにする。

「干瓢の汁気が多いと、上手く巻けなかったり食べるときに破れたりする。それを

防ぐために、こうして二本をねじり合わせて汁を絞ってから、飯の真ん中に載せる。

俺が何本かやってみせるから、残りは主水が稽古しろ」

離れの台所に、焼き海苔と、酢飯と、樺茶色に煮上がった干瓢の匂いが満ちた。

こと海苔巻きに関しては、出来上がった後より、こうして材料が揃えて並べてある

うちのほうが、旨い匂いがする。

（娘もこれと同じだ。厄介だと愚痴をこぼし、思案投げ首している道の途上が、満ち潮なのだろう）

いずれ潮は引く。

鈴菜も信乃も、親の口出しとは無縁の巷を歩み始める。

娘たちのことを頭から追い出し、惣介は気持を巻き簀に集めた。両手を使って巻き始め、上からしっかり押さえて一気に巻き上げる。しばらくつかんで形を整える。

はみ出した寿司飯は、濡れた晒しで中に押し込んでやる。最後に湿した包丁で切り分ければ、海苔巻きの出来上がりだ。

「ふふうん。これは容易い。飯粒が手につくこともないし、握り飯よりはよほど楽ですぞ。どれ、次は、それがしがちょいとやってみましょう」

主水が焼いた海苔を両手に持って、わくわくした顔で隣に立った。くちゃくちゃの海苔巻きが出来上がるのは間違いない。が、そこを辛抱するのが師匠だ。

　　　　（二）

去る秋を惜しんで、落ち葉を踏み敷き、うろこ雲の浮かんだ高い空をながめ、たわいない話に笑い——小日向の諏訪町から四谷伊賀町まで、一里を超える道のりも、

隼人とゆるゆる歩けばなかなかに心地好よかった。隼人が、

「大奥に〈願掛けの松〉があるのを知っているだろう」

と、言い出すまでは。

〈願掛けの松〉は、御広敷でもよく知られる大奥七不思議のひとつだ。
江戸城中には林が点在し、庭木もたくさん植えられているが、樹木の中で飛び抜
けて数が多いのは松だ。大奥も例外ではなく、見事な枝ぶりの松がそこかしこと植
わっている（らしい）。無論、惣介は具に見たことはないが。

その大奥の松の中で、一本の赤松が〈願掛けの松〉と呼ばれている。幹に願い事
を刻むとかなうという、七不思議のうちでは最もたわいない話だ。

刻む道具は笄、と聞くが、これは少々無理がある。笄は両端が丸みを帯びた拵え
になっているし、材料も鼈甲や象牙だ。松の幹相手ではとても歯が立つまい。しか
も、一度刻んだだけでは駄目で、七度という説と十度という説がある。

「よすがいい。〈願掛けの松〉も〈餡掛けの松〉も知るか。俺は信乃の件でひと肌脱
ぐためにおぬしについて来たのだ。大奥の話を聞くつもりはない」

「聞かぬと言われた覚えもないがな」

平然とうそぶくところが小癪に障る。

諏訪町を出てすぐなら踵を返すところだ。が、合羽坂も間近になって、隼人の家は目と鼻の先だ。一服もせずに元来た道を引き返すのはきつい。

丹精した海苔巻きも、惣介が巻いた分はすべて仁と信乃のために持ってきた。諏訪町に残っているのは、形の歪んだのやら、海苔が途中から開いたのやら、干瓢の煮汁が寿司飯に染み出したのやら、主水が巻いた失敗作ばかりだ。どうせなら、双子が嬉しげに海苔巻きを頰張る顔が見たい。もしかしたら八重か以知代が、さすが鮎川様、きれいに巻き上がって、と褒めてくれるかもしれない。

「我が子を餌に友を釣るとは、見損のうたぞ、隼人。よう知っているだろう。俺はあの伏魔殿に関わると、いつも浮き世の落とし穴に落ちる。団子百本積まれても、大奥にかまうのは願い下げだ」

しゃべっているうちに、どんどん腹が煮えてきた。腹の虫も間違いなく怒っている。知ってか知らずか、隼人はいつもの涼しい顔だ。

「異なことを言う。御広敷も大奥だぞ。惣介もそこで役目を果たしているくせに」正しい。大奥の内で表の役人――男が詰めている部分を御広敷と呼ぶのだ。

「それともなにか、惣介は当番のたびに穴に落ちているのか」

「ええ、この表裏者。わかっていて屁理屈をこねるな。俺が指しているのは、御錠口と七つ口と御鈴廊下の向こうだ」

「よしよし。そう怒るな。団子百本で足りぬなら団子百一本でどうだ。それになあ、惣介。これは、大奥の話ではなしに、添番詰め所の絡みだ。聞けばわかるが、おぬしにとっても満更、他人事じゃない」

団子百一本に屈したわけではないが、『他人事じゃない』と聞けばつい耳がそばだつ。悟りの境地にいたらぬ身の哀しさだ。

「水無月の末に、御広敷伊賀衆組頭の紅塚右馬之助殿が、五十五にして重い病を得て隠居なされたのを、おぬしも知っているだろう」

なるほど。確かに他人事ではなかった。

伊賀衆組頭は大奥を警護、管理する添番と伊賀衆をまとめて統べる、隼人にとっては直属の上役だ。組頭六名に、三十人の添番と伊賀衆がそれぞれ組に分かれて配下となっている。

伊賀衆組頭にしても、惣介たち台所人の直属上司、台所組頭にしても、世襲が基本だ。親が逝去したり隠居したりとなれば嫡男が跡目を継ぐ。つまり、ある日突然、

上役が自分より十も二十も年下の新参者になる、などということが起こるわけだ。

もし、台所組頭の長尾清十郎が怒りすぎの病で倒れたら、長尾の倅が惣介の上位にくる。

（長尾様の御嫡男は、たしか二十七……いや二十八歳だったか）

それでも、たいていの新参の上役は、やってきていきなり威張り散らしたりはしない。古参の手下に何くれとなく気を遣い、謙虚に教えを請い、役目や仕来りを覚えていく。それが名実ともに優れた上役となる一番の早道なのだ。年齢や皺の数と関係なしに配下に慕われる方策でもある。

しかし、たいていはすべてではない。

着任以来、三月。右馬之助の嫡男、紅塚主馬の御広敷での評判は、どうも芳しくなかった。

「伊賀衆組頭の役は、添番と伊賀衆が怠ることなく役目を果たすよう見張ることだ。おなごの供だの宴の守りだの、みっともない真似をするつもりはない」と、大音声で呼ばわったなどと、とても信じられない話も含め、悪い噂ばかり聞こえてくる。

「大音声で呼ばわったは、ちと大げさだが、そんなつもりでいるお方なのは確かだ。実は俺が、主馬殿の登城初日に、警護の手順や職人を入れる際の仕来りなどをまと

めた綴りを持って参じたのだがな――」

隼人が思案顔で、小さく息を吐いた。

『このような分厚い代物が読めるか。簡便にまとめてこなかったのは、何か含み

があるのか』と怒鳴られた」

「そいつぁ、いくらなんでも」

つづける言葉がなかった。

大奥の警護、管理は生易しい仕事ではない。相手は奥女中という生もので、添番、

伊賀衆より位が高く、威張っていて、自負心が強い。そんなお歴々を、日々つつが

なく暮らせるよう世話するのだ。

しかも、添番も伊賀衆も、奥女中とじかに言葉を交わすのを禁じられている。大

奥にも、外との交渉を受け持つ御表使という役職があるが、直接やり取りできるの

は組頭だけだ。

無茶な役目を大過なく進めるために、百年以上に渡って、細かな決めごとが積み

重ねられてきた。それが隼人の持参した綴りだ。微に入り細をうがった定めを、御

錠口の内と外とで共有し守るから、警備も修理も滞りなく行える。

組頭は、その約束ごとを誰よりも熟知しているべき立場ではないか。

「我が組最古参の真島信右衛門殿や伊賀衆からも、綴りに目を通して下さるよう話を持ちかけたが、あくまで頑なな態で、『分をわきまえろ』と声を荒らげる始末でな」

隼人は持て余した様子で言葉を継いだ。

「三月の間、一事が万事この調子で、組の者は『俺を舐めるな』『何様のつもりだ』『役立たず』と罵られどおしだ。他の組の組頭が見かねて口添えをして下さったが、一切聞く耳持たん。すでに、真島殿や百地は、隠居するよう迫られている」

おむすび苦虫顔の我が台所組頭、長尾が、浮き世に二人といない有徳の上役に思えてきた。『何様のつもりだ』は、そのまま紅塚主馬に投げ返してやりたい。

「始末に負えんな。幾つだ」

「さあ。三十路は間近だと思うが。何しろ幼い。持って生まれた性分もあるだろうが、下役をてんから相手にしないのには、それなりの理由が隠れている気もする」

奥女中の世話と我が子の心配で足りずに、上役の守りまでする羽目になっている。

隼人もご苦労さんなことだ——と、つい同情したところで、まんまと話に乗せられているのに気づいた。

「父親の右馬之助殿は手下への当たりが柔らかく、いざとなれば自ら矢面に立って

くれる頼もしい上役だったからなあ。余計に主馬殿の出来の悪さが際立つ。気の毒な面もあるのだ」

惣介が腹のうちで自身の間抜けぶりに歯噛みしているのも知らず、隼人が人の好いことをつぶやいた。

（まったく、この友にして俺ありだな）

二人揃って好い面の皮だ。

「で、昨日は惣介も知ってのとおり、観菊会の片づけだった。俺はさっき言った《願掛けの松》の周辺が持ち場で――」

おのれの頓痴気を知ってか知らずか、隼人の話はやはり大奥へ入った。今さら聞きたくないとも言いかねる。仕方がない。

「何かまずいことが刻んであったのか」

訊ねるまでもないことだった。

「ふむ。塀側に面した幹の目立たぬ所に『シュメ シスベシ』と、六か所。巧く樹皮に隠して彫ってあるから、俺も昨日まで気づかなんだ」

となると、奥女中がしたこととは思えない。添番か伊賀衆の仕業だ。大奥の女たちの大半は、主馬の名さえ知らない。御表使なら、顔をつき合わせて話をした結果、

主馬の質に嫌気が差したこともあり得る。が、どうせ刻んでいるところを見られる危険を冒すなら、『シスベシ』と呪う相手は、御広敷ではなく大奥の内の誰かを選ぶだろう。

「七文字を六回か。深く彫ろうと思わなければ、ひと息に為遂げることもできるか。昨日の隼人のように〈願掛けの松〉の近辺を警護していたなら──」

「いや、それはあり得ん。添番にせよ伊賀衆にせよ、長い間、松の陰にしゃがんでごそごそしていたら、きっと見咎められる。そもそも、ひと文字ごとに松脂の出方が違うのだ。奥だからな。熱心に役目を果たしていても、細々と小言が出るのが大

何日にも分けて刻んだ証だろう」

警護や職人の付き添いで大奥へ入るたびに、隙をみて彫った、ということだ。夏から秋にかけて、大奥は行事が多い。庭の手入れも頻繁になる。そう難しいことではなかったろう。

例えば文月七日の七夕祭り。

この行事では〈御座の間〉の縁先に、四本の葉竹で囲った七尺四方の白木の台を置いて、注連縄を張り、桃や瓜など季節の水菓子と、色とりどりの飴、品良く仕上げた餅などの菓子をたっぷり供える。祭り自体は御台所を中心に、短冊に歌をした

ため、その歌を披露したり葉竹に吊したりと、外から人の入らない女たちだけの催しだ。

が、翌日八日の朝には、添番が後片付けに大奥へ入る。

茣蓙に包んだ葉竹と注連縄を龍の口から運び出したり、白木の台を取り外して仕舞ったり、お供えの水菓子や菓子を御広敷へ持ち帰ったりと、大奥の庭を動き回って作業する。添番の一人が《願掛けの松》の脇でわずかの間、もそもそしていても気がつかれることはないだろう。

他にも、文月十五日の盂蘭盆、葉月十五日の月見、長月九日の重陽の節句、十三日の後の月見、そして幾度かの観菊——いずれも、当日に添番と伊賀衆が警護に就いたり、翌朝、添番が片づけをしたり、大奥の中での役目がある。願文を刻む機会には困らなかったわけだ。

「……日数をかけて少しずつ、というばかりではない。俺が見た限りのことだが、字の刻み様がばらばらな気がする。幾人かが結託して仕上げたやに見える。それも案じられて——」

「どうも、ようわからんのだがな、隼人。《願掛けの松》に願いを刻んだとて、かなうはずもないのは、おぬしも承知だろう。それで憂さが晴れるなら上々。放って

置いてはいかんのか」

刻んでいるところを取り押さえたならともかく、願文を見つけただけなら、奥女中は口をつぐむに決まっている。「して、そなたは〈願掛けの松〉の側で何をしていたのです」と質されたくないからだ。

痛くもない腹を探られても、痛い腹を探られても、てきめん居心地が悪くなる。

大奥はそういう場所だ。六回分の願文が公にならなかったのも、そのためだ。

「願文だけで済むとわかっているなら、放って置くさ。だがなあ。もし万が一、刻んだ者の狙いが主馬に手を下すことだとしたら、どうする。願をかけた事実を作って置いて、その上で主馬をこっそり殺め、〈願掛けの松〉の呪いで死んだことにするつもりだったら」

とてつもない、と笑い飛ばすことはできなかった。添番も伊賀衆もよく知っている。

大奥が絡めば、どんな人死にもうやむやになることを。

主馬が死んだ後に願文が噂になれば、そこで探索は仕舞いになる。下手に誰が願文を刻んだかなど探り始めたら、他の不都合な話がぼこぼこと明るみに出るかもしれないからだ。静まっている沼をかき混ぜて、汚泥の始末に頭を抱えたい物好きはいない。

「……惣介、面倒に巻き込んですまん。調べた末、願掛けがただの憂さ晴らしだったら、無駄骨を折らせたことになる。だがな、俺は、添番の詰め所で、西の丸刃傷の二の舞は見たくない。死ぬのが主馬でも同輩でも嫌なのだ。不穏な動きがあるなら、何としても探り当てて防ぎたい」

隼人が両の拳を握りしめて、歩みをとめた。

「起きてしまったことは、いくら嘆いても元には戻せん。目を閉じると、今でも外記の死に顔が浮かぶ。もう、あんな思いは真っ平だ」

ひと息にまくし立てると、隼人は弱音を吐いたおのれを恥じるように、ぎゅっと唇を結んだ。北からの風が、冬の挨拶みたいに枯れ草を鳴らして過ぎた。

道場の後生だった松平外記が、同輩を斬り殺し自害してから五月。隼人はまだ事件から立ち直れずにいる。親馬鹿面の裏で「何かしてやれなかったか」と自らに問いつづけ、「何もしてやれなかった」とおのれを責めている。

当然だ。幕府の評定所さえ、手を下した外記についても、刃傷の件を隠そうとした西の丸書院番の面々についても、未だ処罰を決められずにいる。

惣介は返事をする前に足を速めた。

「隼人のたわけ。ぐずぐずしていると置いて行くぞ。どうもおぬしは、歩みが遅く

て困る。言うておくが、詫びても団子百一本の約定は取り消しにならんぞ。案じるな。団子の払い損はさせん。妙な企みがあれば、俺が必ず止めてやる。ついでに、主馬の曲がった性根もたたき直してくれる」

クスリと笑う気配があって、隼人が小走りに追いついてきた。

「先ずは《願掛けの松》に呪いの願文を刻んだのが誰か、探ることだ。言い伝えどおりやるつもりなら、あと一回、刻まねばならんが、神無月、霜月の大奥は行事がないだろう」

「行事はないが、庭木の冬支度がある。無論、御広敷御庭番が主になって役目を果たすが、例年同様、我が組もともに動く。始まるのは、神無月朔日からだ」

庭作りが入って松葉を敷いたり霜囲いをしたり。願掛けを仕上げようとする者は、もってこいの折りだ。この機を逃せば、偶発的な用が生じるのを待つしかない。必ず松を刻むはずだ。刻めば、細かな削り屑が手にも髷にも着ている物にも散る。

「ならばその日だ。おぬしの組が大奥から戻ったところで、俺は詰め所に顔を出す。松と松脂の匂いを体中から漂わせている奴が必ずいる。其奴の首根っこを捕まえてぎゅうぎゅう問い糺せば、一件落着だ」

主馬の根性曲がりについては、それを済ませてからゆっくり算段すればいい。

惣介がしゃべり終えるのを待っていたかのように、片桐家の傾いた門が見えた。

門を入ってすぐ、幼子のしゃくり泣きが聞こえた。

「信乃、いい加減になさい」

入り口の三和土に立つなり、八重の厳しい声が飛んできた。さっきとは別の声が大泣きを始めた。手のかかる幼児を二人抱えた家にふさわしく、片桐家は表の間さえ落花狼藉であった。

水口のほうからは出汁の匂いがして、大根を刻むらしい包丁の音が聞こえる。昼餉の支度を急いている、というよりは、以知代が台所仕事を口実に、孫の守りから逃げているらしい。

隼人が、草履を蹴るように脱いで、泣き声のほうへ駆け込んでいく。その背中に、

「海苔巻きは母上に預けておくぞ」と声をかけて、惣介も台所へ避難した。他人の子は、機嫌のいいときだけかまうに限る。

「あれまあ、鮎川様。見事な海苔巻きでございますねぇ」

珍しく以知代が惣介を褒めた。褒められたのは、確か九つか十のとき青菜を洗う手伝いをして以来だ。

（いかんな。明日は槍が降るやもしれん）

案じるまでもなく、おまけのひと言がついてきた。

「ほんに、こんな呑気な真似をして遊ぶお暇があって、羨ましいこと」

がっかりする暇もなく、奥と台所を仕切る板戸が開いた。鼻水と涙で顔をどろどろにした仁が飛び込んできて、以知代の腰にしがみついた。信乃が後を追ってきて、拳を振り上げる。こちらも半泣きでハアハア肩で息をしていた。

「まちゃち たーけ」

片言ながら、言葉に籠もった嘲りが胸に刺さる。小さな拳が仁の頭に突き当たる寸前、大股でやってきた隼人が、信乃の手首をハッシとつかんだ。

「信乃。父は許さんぞ」

隼人が我が子を叱るのを初めて見た。

（三）

神無月朔日は夜明けから雲ひとつなく晴れ上がって、一年の内でも格別に心地の好い一日となった。

惣介は早番の勤めを終えたあと、下御広敷入り口の外廊下に座って、添番詰め所と伊賀衆詰め所のほうへ耳を澄ませていた。入り口から見ると、二つの詰め所の手前には中の間があり、それをはさむ形で右手に添番詰め所、左手に伊賀衆詰め所が、鍵の手に並んでいる。そのすぐ隣が御錠口だ。

隼人の組の添番と伊賀衆が庭作りの職人を連れて大奥から戻れば、詰め所はにぎやかになる。そこで速やかに駆けつければ、より確実に願文を刻んだ者を嗅ぎ分けられる。意気込みは充分だったのだ。

が、如何せん、起きたのが夜明け前だ。早朝から働きづめだったから疲れている。

役目を終えた安堵感もある。御膳が運ばれた後、昼を食べたから、腹もくちい。小春風がさやさやと頬を撫で、穏やかな陽射しが丸めた背を温める。

とろとろと差してくる眠気には抗いようもなかった。

「……惣介。おい、惣介。こんなところで居眠りすると風邪を引くぞ」

夢うつつのまま目を上げると、隼人が小首を傾げて笑んでいた。

「さっき御錠口から出てきた。皆が昼飯にありついているところだ。ありがたいことに、今日は弁当が出た。詰め所は握り飯や香の物の匂いに占領されているが、お

ぬし、寝ぼけた鼻で松の匂いを嗅ぎ分けられるか」

むっとしたから、いっぺんに目が覚めた。

『嗅ぎ分けられるか』だと。舐めたことを言うてくれる。おぬしの中着に、団子を百一本買う銭があるかどうかのほうが、よほど心配だ。任せろ」

おのれの鼻への大いなる信頼感が言わせたことだった。

添番の詰め所には隼人を除く四人、伊賀衆の詰め所には五人。それぞれ今日の役目を果たした当番が、和やかに昼餉をぱくついていた。

問題の組頭、紅塚主馬の座は、伊賀衆詰め所の一段高い座敷にあったが、ご本尊はまだ戻っていなかった。作業の後、冬支度の進み具合を大奥の女役人、御表使に報告しているのだろう。

御表使は、御広敷との連絡役ばかりでなく、大名家の奥との交渉ごとも掌る重職だ。身分は格下でも、御中﨟と同じだけの切米を受け、町屋敷まで拝領している。

奥女中の内でも、特段に頭の回転が速く仕事のできる者が選ばれるから、その分、鼻も強い。主馬がきちんと対応できているか、大いに案じられるところだ。

とはいえ、組頭がいなければ気軽に動けて、探索には好都合。惣介は両方の部屋を覗いて、愛想良く世間話をしながら、密かにそれぞれの匂いを嗅いで回った。そうして、外廊下での安請け合いを、思い切り悔やむことになった。握り飯や甘辛煮

の匂いに負けたのではない――腹の虫は手もなく降参したけれども。

「隼人、作業の内には松の枝を払うことも入っていたか」

惣介は、隼人の袖を引っ張って下御広敷入り口を抜け、汐見二重櫓の脇まで走り、周りに人がいないのを幾度も確かめ、それで足りずに声をひそめた。

「いや。松葉を敷き詰めはしたが、削ったのは根元を囲う竹だけだ。あとは霜よけの藁を巻いたり、雪吊りの縄を結んだりだ。枯れた樹木の枝を払ったとしても、それは植木職の仕事だしたなあ。どうかしたのか」

「詰め所にいた計九人のうち、添番三人と伊賀衆四人から濃く松が匂った。松葉の匂いでなしに、松を削った匂いだ。言いにくいことだが……おぬしと添番の新参一人、伊賀衆の新参一人を除いて、他は皆が〈願掛けの松〉に文字を刻んでいる」

隼人は切れ長の目を瞠って、黙したまま、ただ立ち尽くしていた。

「野々山右近もか」

絞り出したような声だった。右近は組の中でも隼人と一番仲が良い。「いや、野々山は別だ。松の匂いはしなかった」と惣介に言ってもらいたがっているのがわかった。

「……残念だが、野々山もだ。和賀登太郎からも、行成徳之進からも。古参の真島信右衛門殿からさえ、削りたての松の匂いがした」

「……真島殿まで」

「伊賀衆は、清原、藤林、それから若手の服部又右衛門と古株の百地助佐嫌なことを告げる立場を引きずっているのが辛くなって、惣介は早口でつけ足した。それから、急に空を麒麟が翔ぶ予感がした態で、きょろきょろと汐見二重櫓の上を眺めた。隼人の愕然とした顔を見たくなかったのだ。

「なにゆえ、俺にはひと言の相談もなしで……」

途中で言い止めたのは、隼人自身、そのわけに気づいていたからだ。隼人が同輩に嫌われているからではない。石頭で融通のきかないこの男に話を持ちかければ、きっと反対される。それだけで済まずに目論見を潰す手を打たれる。皆がそうわかっていたからだ。

「なあ、隼人。この件、やはりおぬしの危惧どおり、ただの憂さ晴らしでは片づかんように思う」

惣介は頃合いを読んで、澄み渡った（無論、麒麟も翔んでいない）空から、隼人に視線を移した。隼人はまだ憮然としていたが、惣介の言葉に深くうなずいた。

「七人、七文字、七回。しかも文字がどれも三画ずつ。一蓮托生の固い絆が感じられる、と言いたいのだろう」

そのとおりだった。各自がひと文字ずつ受け持ち、それを七回彫った。危うさを等分にし、裏切って企てを口外すれば、自身もただでは済まない仕組みを作り上げている。何度も集まりを持ち、細かく話し合い、結束を固めて事に及んだのだ。

「ふむ。児戯に等しい松の願掛けだけで終わらせるつもりなら、ここまでするには及ばんだろう」

「真島殿は剣の腕も立つ。もしやして——」

「いや、それはないと思う。斬るつもりなら、願文の細工は不要だからな」

笛太鼓で願文を喧伝するつもりはあるまい。主馬を病か事故に見せかけて殺める。万が一殺しを疑う者が現れたときにのみ、呪いの願文があったことをそれとなく噂で流す。そんな算段だ。「大奥、呪い」の道具立てがあれば、筋の通った理屈も難なく退けられる。

謀の首謀者は、年長の真島信右衛門に違いなかった。

百地助佐も四十を越えているが、伊賀衆は、添番より禄高が低く、立場も一段下だ。惣介たちと年の変わらない野々山右近や若い服部又右衛門が仕組んだことなら、

125　第二話　大奥　願掛けの松

古参の二人には声がかけにくかろう。代わりに新参の若手を誘い込んだはずだ。

「さて、どうする、隼人」

「真島殿に洗いざらいお話し申し上げるさ。上役を呪う願文を刻んだのだ。しかも場所は大奥だ。名指しを受ければ、刻んだ者は咎めを受ける。石頭の俺が彫った者の名を知っているとなれば、目論見は頓挫をきたしたのだ」

隼人は、今日初めて心底からほっとした顔になっていた。

「俺は何も見なかったことにして、口をつぐむ。その代わり、何をしようとしていたにせよ、企ては諦めていただく」

声音に、長年ともに同じ役目を果たしてきた先達への信頼が読めた。

（そう手っ取り早くけりがつくだろうか）

人は生まれながらにして思いやりの心や道理に従う気持を持っている、それが表に現れないのは何かわけがあってのことだ――隼人はそう信じたがる。悪が体中を駆け巡っているような相手に何度も出会しながら、ほとぼりが冷めるとまたその考え方へと復っていく。

おのれが善人だから、他の者もそうだとつい判断してしまうのだ。太刀を抜いて対峙していてさえ、相手を救う道を常に探っていたりする。

「惣介、おかげで何ごともなくけりがつく。すべておぬしの鼻があってのことだ。やはり、持つべきものは友だ。礼を言う」

「礼などいらん。それより——」

「心配するな。俺にも団子百一本くらい誂える銭はある。だがな、いっぺんに買ってそれを平らげたら、またおぬしの腹がせり出す因だ。諏訪町を訪ねるたびに、十本ずつ持っていくやり方でどうだ。一回目の十本を明日にでも届ける」

言うやいなや、隼人は元来た道を戻り出した。団子のことなどすっかり忘れていた。いや、もらえるのなら嬉しいが、問題は団子ではない。

「隼人、待て。真島信右衛門殿は、お幾つだ」

惣介はもたもた走って、隼人のあとを追った。

「五十五歳だ。隠居なされた紅塚右馬之助様と同い年さ。いいから気にするな。あとは俺が片をつける。おぬしは明けだろう。帰ってゆっくり昼寝を楽しめ」

答えながらも、隼人はずんずん早足になった。心の隅で、手遅れを恐れているのだ。

「隠居した組頭と真島殿は、仲が良かったのか」

「どうしてそんなことを気にする。上役と手下だ。おぬしと俺のようにはいかんさ。

それでも真島殿は、礼を尽くし分を守って組頭を立ててきた」

二十年か、二十五年か――期間はわからないが、その間に真島の胸にはどんな思いが育ってきただろう。同い年の上役。それは生まれたときから決まっていた立場で、努力も手柄も状況を変える助けにはならない。真島の身の内に、惣介にも隼人にも理解しがたい、深い闇がありはしないか。

「いいか、隼人。真島殿に話すのはいいが、返事を――」

鵜呑みにせんほうがいいぞ、と言い終える前に、隼人は下御広敷入り口の中へ姿を消していた。

「皆の胸中に鬱憤が溜まれば、いずれとんでもない形で破裂するやもしれん。ただそれを案じて企図したまでだ。他に何をしようという考えもなかった……それにしても、苦心して隠したつもりだったが、どうも易々と見破られたな」

真島の笑いを含んだ声が聞こえて、惣介は中の間の納戸の柱の陰に身を隠した。

真島の表情を密かに覗いてみたかった。

「気づいたのはそれがしだけです。それも偶々目についたまでで、この先誰かが気づくようなこともございますまい。薄い刻みですゆえ、春までには読めなくなりま

しょうし。それがしも、決して他言いたしませぬゆえ、ご休心下さい」

「ふむ。それはありがたい。子どもじみた筋書きであったが、願いがかなうかどうか息をひそめて待つ楽しみもできた」

静まっただろう。組頭には申し訳ないが、少しは皆の苛立ちも

隼人の背中ごしに、真島の柔和な笑顔が見えた。細面の輪郭に合わせたように、垂れ気味の細い目と細い鼻が、如何にも優しげだ。今回のことで、人をまとめる力があることもわかった。伊賀衆組頭の家に生まれていれば、右馬之助同様、手下に慕われる上役になっただろう。

「真島殿のお考えはよくわかり申した。そうやってときをやり過ごしているうちに、主馬殿も組頭の役目に馴染んでくるでしょう」

「そうあってもらわねば困る」

真島が静かにうなずいたところで、野々山右近が詰め所の入り口に顔を出した。

「片桐。おぬしは弁当を食わんのか。いらぬのなら、俺が——」

「馬鹿を言うな。食うに決まっている」

隼人が会釈して詰め所のほうへ去るとすぐ、真島の顔つきが変わった。穏やかな風情が拭ったように消え、代わりに現れたのはどす黒い怒りだった。

「若造が。悟り澄ましおって」

吐き捨てられたひと言。声の冷たさに背筋が凍った。このままでは、隼人が添番詰め所で難儀な立場になる。

（何か口添えしてやらねば）

これといった腹案もないまま、惣介が柱の陰から飛び出そうとした矢先、真島が首を横に振った。

「いや。違うな。　若い者を巻き込んで小細工を弄したのは、俺の不心得だ。片桐のせいではない」

すでに怒りの色は消えていた。頰に諦めとも自嘲ともつかぬ笑みがあった。

「相打ちせよとの、天のお告げか」

吐く息とともに小さくつぶやいて、真島は踵を返した。

「なんやら、ややこしことになりましたなあ」

詰め所へ戻って行く真島を、ぼうっと見送っていると、惣介の心の臓を轟かせた。

「雪之丞。　おぬしいつからここにいた」

「いえ、惣介はんの傍まで来たのは、つい今さっき

今さっきで、『ややこしこと』になったのがわかるはずもない。また訊き方をしくじった。

「いつから、俺と隼人の話を聞いていた」

「いえ、その、汐見二重櫓の傍をふらっと通りかかりましたら、お二人がおいでやったので、何かなぁ思いまして。願掛けいうのんは、かのうて目出度いことを念じるもんどすやろ。相手がどなたさんでも『死んで欲し』て願うんは、なっとも寂しい話で、気にかかりましたし」

事情がすべてわかるほど長い間近くにいて、体中を耳にしていたことがわかった。

第一、言うとおりふらっと通りかかったのなら、惣介も隼人も気づく。くねくねと面倒な言い訳を聞くのは止しにした。

「どの辺りが『ややこし』と思うのだ」

「あれ、惣介はんも気づいてはりますやろ。真島はん、出来の悪い伊賀衆組頭を道連れに、三途の川を渡る気ぃみたいやし。策を練るのがお好きなようやから、毒でも使うおつもりと違いますか。となると、今日、今すぐいうことはないと思いますけど。このままやったら、西の丸書院番の外記はんとおんなじで——」

「しーっ。声が大きい」

狼狽えて黙らせにかかったが、雪之丞の言うことは当たっている。真島は、主馬を殺めておいて、自害するつもりに違いない。

（隼人は肩の荷を下ろして、昼飯を楽しんでいるだろうに……）

遅かれ早かれ、見聞きしたことは隼人に話さねばならない。だが、その前に穏便な解決法をあみ出しておきたかった。

（主馬はどんな奴なのだろう）

ここまで周囲を追いつめていることに、当人は気づいているのだろうか。隼人は

『何しろ幼い』と表現した。顔を拝みたくなった。

隼人のいる添番詰め所を横目に、惣介はもう一度、伊賀衆詰め所を覗いて（当然、誘わなくても雪之丞はついてきた）、一段高い畳の上に座っている紅塚主馬を見つけた。おちょぼ口を苛立たしげにむぐむぐ動かし、細長い目でつまらなそうに伊賀衆を見渡している。

顎の出っ張った面長な顔立ちで、鼻が短く目が細い。疱瘡を患ったことがあるらしく、あばたが目立った。幅の広い肩と長い腕を持て余したかのように、大柄な体躯を丸め胸の前で腕を組んでいる

嫌われていても組頭は組頭。膳に載せた折と茶が前に据えてある。が、その膳に、箸がつけられた様子はなかった。

「昼を召し上がりませんのか」

伊賀衆の内でも特に気のいい服部又右衛門が、主馬に声をかけた。

「わからんのか。茶がぬるくなっていては飯は食えん。大奥の警護という、細かな気配りが欠かせんはずの役目に就いていながら、この程度の気遣いもできんのだな。始末に負えぬ」

放り出すような言い方だった。

「おや、それはいけませんな。ちと代えて参りましょう」

服部は気を悪くした風もなく湯呑みを下げたが、うつむいた顔には薄嗤いが浮かんでいた。そこに嘲りはあったが、殺気は感じられなかった。

（真島殿が隼人に語ったことは、大方、本当やもしれん）

皐月の出水の際に、新旅籠町の《伊豆屋》が言ったことを、ひょいと思い出した。

『皆がうち揃って嫌な思いをしていると、集まって陰口を叩く楽しみができます』

侍だとて、腹の底は似たり寄ったりだ。『子どもじみた筋書き』で『皆の苛立ち』を静め、『願がかなうかどうか息をひそめて待つ楽しみ』を共有することで、とき

をやり過ごす。案外、願文刻みに加わった者たちは、それが企てのすべてだと考え
ているのかもしれない。真島以外は。

「拝見しただけでは決めつけられまへんけど、どうも、おのれが一番やないと気の
済まんお方らしおすなぁ。ああいうお人が上役では、しんどい」

雪之丞が耳元でささやいた。惣介も似たような思いを抱いていた。

若いときは誰でも世間の見る目を気にする。自信や力の足りなさを隠そうとして、
強がったり、醒めた目で人を見下したり、本当よりおのれを大きくみせようとした
り、世を拗ねた態で殻に閉じこもったり、七転八倒するものだ。誰にでも多かれ少
なかれ身に覚えがある。普通のことだ。

そこから自分を鍛えて本物の力を身につけていく者もいれば、早々に諦めて他人
からの見た目より自身の心地よさを選ぶ場合もある。要は、当人にとって息がしや
すい暮らし様を見つければいいのであって、生き方に勝ち負けはない。

だが、中に、勝ち負けがあると思い込んで、若い時期が過ぎてもそこから抜けら
れなくなる奴がいる。勝たなければ生きている甲斐がない、と考えるのだ。勝つの
は自分、と決めているから、他の連中はすべて負け犬である。

主馬の表情と瞳の冷たさに、そんな人物を読み取って、惣介は途方に暮れた。

『ついでに、主馬の曲がった性根もたたき直してくれる』と隼人に大見得を切った。

が、とてもそう簡単にどうにかなるとは思えない。

となれば、せめて真島の妄動だけでも、押しとどめたい。

（蕎麦でもおごって、雪之丞に知恵を借りるか）

もともと、御広敷の中でするような話ではない。ここで呑気な顔をしているからには、雪之丞も役目を終えているのだろう。

「あれ、何かご馳走してくれはるおつもりですか。それやったら、一緒に馬琴はんのご飯、作りに行きまへんか。相談したら、なにがしかは講釈も聞けますやろし」

雪之丞が、惣介の頭の中を読んだかのように、先回りで返事をしてニヤリと笑った。

「お見舞いがてら、いうことでどないです」

「見舞いとは……馬琴は寝込んでいるのか」

「寝込んでるいうのんか、くよくよしてるいうのんか、自分がどんだけ心配してもらえるか試してるいうのんか」

雪之丞は本気で、馬琴に『相談したら』真島を止められる、と考えているのだろうか。どこか楽しげな顔つきからして怪しかった。病で頭の働きが鈍くなった馬琴

を、ちくりちくりとからかって遊びたいだけかもしれない。

とはいえ、鈴菜が宗伯の世話になっている。父親の馬琴が病と聞いては、放ってもおけない。

「馬琴はんも、年取ったなあと思い知ることがあって、気弱になってるんやおへんか。毎日、見舞いに来てくれぇ、て文が届きますし」

弱気になった馬琴など、ついぞ見たことがない。見たくなった。是非見たくなった。ついでに使えそうな案を聞ければ、一挙両得だと思う。

これでは、雪之丞を咎める資格はない。

（四）

曲亭馬琴の住む元飯田町は、田安御門を出た東側にある。

病状がわからないのでは、作る料理も決まらない。城から近いところではあるし、先ずは枕辺を見舞って、それから食材を購いに出ようと示し合わせた。皮肉と不平で出迎えられるのは覚悟の上だ。

が、いざ二階の座敷の枕元に座ってみると、思わぬ言葉が耳に届いた。

「ありがたいことです。お二人顔を揃えて来てくださるとは、思いもしませんなんだ」

食べ物も土産も持たずに訪ねて、こんな風に歓迎されたことはなかったから、馬琴は本当に病んでいるのだ――たぶん。

布団を挟んだ反対側では、倅の宗伯が脈を取っていた。その隣で鈴菜が、一人前の弟子みたいな顔をして、紙に膏薬を塗り伸ばしている。

惣介が雪之丞と並んで座敷に入ったときも、鈴菜は宗伯の後ろに控えて三つ指をついたきり。真面目くさった他人の顔でいた。その上、きりりと島田を結って襷を掛けている。家で見る自堕落な姿が、幻だったかのようだ。

「目の奥から何とも嫌な痛みがきましてな。それが次第に体中に広がる。頭が痛む。口が苦い。その上、喉の辺りに太い魚の骨がつっかえたようで、息は苦しいし食も進みません。おそらく、もう長くはございません。冥土に旅立つ前に、ひと目なりともお二人にお目にかかれてよかった。はぁ」

馬琴は、死にかけだと主張する病人には似合わない長広舌をふるった。

「夜もよく眠れず、どうにか眠りにつけば悪い夢をみる有様でして――」

「昼間寝すぎてるのと違いますか。陽のあるうちに寝てたら、夜は目が冴える。当

たり前ですやろ」

「そうやって奮い立たせようとして下さるお気持はありがたい。しかしながら、も

ういけません」

雪之丞の憎まれ口にも、馬琴は力なく笑った。

「宗伯をこちらに呼ぶ代わりに、幸が百の世話をしに同朋町の別宅へ行っておりま

す。そうなると食いごとさえままならんのです。百はおのれの心配ばかりして、そ

れがしの病の重さがまるでわかっていませんのでな。それがしが戯作の仕事に身を

削っていればこそ、日々の糧に事欠かず、何不自由なく暮らしていられる。それす

ら気づいておらんのですからなぁ……」

「百が入り婿の馬琴に対して権高なのは、惣介もよく知っている。馬琴が寝込んだ

ときぐらい、こちらに来て娘の幸と一緒に看病してやってもよさそうな話だとは思

う。だが馬琴は馬琴で、他人に向かってさえ、唯我独尊丸出しの人間だ。妻が愛想

を尽かすぐらいの口はきいていそうだ。

「おかげで今日は、宗伯の未熟な弟子が作った不味い粥を啜ったばかりで。これも

また、命を縮めるもとでしょう。せめて冥土の土産に、美味い料理が食べたいが、

さて、喉を通ってくれるかどうか……」

鈴菜が身をすくめてうつむいた。父親の惣介を前に、ずけずけと鈴菜にいやみが言えるほど舌が健やかなのだ。とうぶん、いや、未来永劫、死なないに違いない。

げんなりしてきたから、廊下へ出て、宗伯を手招きで呼んだ。

「父は気の巡りが悪くなっております。戯作で無理をして目を使いすぎたのが因で、肝の臓が弱ったのですよ。気の流れを良くする酸っぱいもの、香りの良いもの、それから肝の臓を養う菊花、蜆、ももげでしょうかか」

馬琴の養生に役立つ食べ物を訊ねると、宗伯からそんな答えが戻って来た。

「梅干しは馬琴はんの台所にありました。菊花は旬ですよって、どこでも売ってますし。あと、酸うて香りのええもんいうと、今やったら葡萄ですなぁ。ここまでは良しとして、蜆、これが厄介です。どっかで、もののええ寒蜆が手に入りますやろか」

元飯田町の通りを日本橋方面に向かって歩きながら、雪之丞が指を折った。おのれの懐から銭を出す気がないから、へいちゃらで葡萄だの寒蜆だの値の張る食材を挙げて寄越す。

「朝から粥を食べたきりでは、気持が弱るのも当たり前だ。なんでも食わせれば、

相談事ぐらい聞いてくれるさ。飯を炊いて、梅干しの和え物を菜に、汁の実は独活と芹で良かろう。芹は葡萄に負けず劣らず良い香りがするぞ。それと目の疲れに効く枸杞の実の茶があれば、文句はあるまい」

和え物には、出盛りの新銀杏を使えばいい。柔らかで歯の悪い馬琴も食べやすかろう。おまけに安い。

「あれ、だだくさなこと。菊花はどうしますのん。肝の臓はほったらかしでよろしんですか。鈴菜はんがお世話になってますし。これから片桐はんのことも頼まななりまへんし。咎いこと言うてたらあきません」

しゃべりながら雪之丞は、通りの斜め向かいにある「しゃも」と看板の掛かった見世へすたすたと入っていった。

「惣介はん、見とおみやす。この鶏のももげの活きのええこと。甘辛の生姜煮にしてご飯に載せたら、冥土の土産どころか、だいぶ前に冥土へ住みついたお人も帰ってきはります」

ももげは鳥の砂肝のことだ。神無月に旬を迎えるのは鶴のももげだが、鶏のももげは年中ある。水にさらしてしっかり臭いを取り照りよく煮てやれば、酒のあてとしても菜としても極上のひと品になる。

（いつもより切れ目の数を増やせば、馬琴の歯でも心地好く食えるだろう。蜆汁とも相性は悪くない。はじき葡萄が良い箸休めになる）

我知らずそこまで考えて、惣介はうつむいて嘆息した。献立が出来上がってしまったからには、材料を買い集めるしかない。床の間の壺の中へ年の初めから溜めてきたへそくりとは泣き別れだ。

二人して、両手に食糧を抱えて元飯田町へ帰ってみると、宗伯は鈴菜を連れて他の往診に出かけていた。当の馬琴は鼾をかいて眠っていた。雪之丞が言ったとおり、夕七つ（午後四時過ぎ）にこれだけ熟睡していては、夜眠れなくても無理はない。

ももげの生姜煮と、寒蜆——魚屋を何軒か回って、ようやく砂を吐かせてあるものを見つけた——の汁は雪之丞に任せ、惣介は飯を炊きながら、梅が香とはじき葡萄を作りにかかった。

梅が香は、銀杏と木耳を梅肉で和えて鰹節を加えた嘗物で、梅の酸っぱさとほろ苦くもっちりした銀杏と木耳のこりこりした歯触りの組み合わせが楽しい。炊きたての飯にことのほかよく合うし、酒の当てにもなる。

惣介は木耳を水に戻しておいて、金鋏で銀杏の筋のところを挟み、一個一個、小

さな割れ目を作った。これを半日以上、塩水につけてから煎るのが本来の作り方だが、今日は暇がない。代わりに、ひたひたの濃い塩水を入れた鍋に入れて、強火で水気がなくなるまで煮た。火傷しない程度まで冷ましたところで、殻と薄皮を剥く

と、塩味の利いた美しい翡翠色の実が現れる。

ここまで仕事を進めたところで、馬琴の家の狭い台所に、こくのある甘辛の匂いとそこに調べを合わせた生姜の香りが広がった。さすがに雪之丞で、ももげの臭みはわずかも残っていない。腹の虫が切なげに鳴いた。

（馬琴の膳に載せる前に、何が何でもひとつ味見をするぞ）

大盤振る舞いで銭を払った立場だ。ひとつと言わず、半分食べても許されると思う。

腹のうちでおのれの意見に深くうなずきながら、惣介はもどした木耳を入れ歯でも食べよい太さで千切りにした。鰹節を削って、乾煎りし、こちらは手で揉んで粉々にした。最後に、種を取った梅干しを箟で裏ごしして、煮切った酒でゆるめた。

膳に出す直前に、軽く押しつぶした銀杏と木耳をゆるめた梅肉で和え、鰹節を混ぜたら出来上がりだ。

はじき葡萄は、皮を剥き種を取った葡萄の実と、酢水で湯通しして絞った菊の花

びらと、大根下ろしを合わせて、酢橘の汁と醤油で味付けする。こちらも調味は出す間際にしないと色が悪くなる。

一の膳にももげの生姜煮と梅がとはじき葡萄を載せ、二の膳にほかほかと湯気の立ちのぼる飯とひと煮立ちさせたばかりの蜆汁を置いた。そうして雪之丞と二人で階段を上がっていくと、馬琴が座敷の外まで膝行って出迎えた。

「かたじけない。まことにかたじけない……」

命に別状がないのは確かだが、いつもの傲岸不遜の面影もない。足の下に固い地面があるつもりでいて、ふと宙に浮いているのに気づいた——そんな風に見えた。

宗伯は『理気の力を備えたものを食べなされ』と言うには言うが、作ってはくれませんのでな。ですが、こうして膳を目の前にすれば、ようわかります。梅肉の匂い、酢橘の香り。ただ嗅ぐだけでも、身中が清められる」

それから馬琴は雪蜆の味噌汁を吸って、ああ、と息を吐いた。あとはもう、ものも言わずにひたすら箸を動かしつづけ、飯と汁のお代わりまで要求した。『冥土の土産に、美味い料理が食べたいが、さて、喉を通ってくれるかどうか……』とほざいたのはどこの誰だ、と訊きたくなるほどの食欲で、膳は見る間に

142

空になった。

「やれ、生きかえり申した。人は美味いものを食べねばいけませんな」

積み上げた夜具にもたれ掛かり、惣介の淹れた枸杞茶を手に、馬琴は嬉しげに太息を吐いた。

布団の中で愚痴をこぼしていたときより、かえって病人らしく見える。起き上がって削げた頬と乱れた髭が目立つようになったからだ。いつもなら得々と流れ出す料理の品定めが、ひと言も出てこないせいもある。

筆一本で一家を養うのは、並大抵のことではない。馬琴も人の子。疲れ果てることもあるのだ。とはいえ、料理をした手間とへそくりの元は取らねばならない。箸が動いている間は控えていた相談事を持ち出すと、これもまた馬琴にしては珍しく、じっと目を閉じて聞き入った上に、しばらく黙したまま返事を寄越さなかった。

「具合のお悪いときに、面倒なことをお話しいたした。また改めて――」

さすがに遠慮すべきな気がして、惣介が腰を上げかけたのを、馬琴が手を上げて止めた。

「いや、どうぞお座りなされ。すぐにお返事ができなかったのは、今のお話がそのまま我が身に通じることでしたのでな。身につまされていたのでな。真島殿のお気持は痛いほどわかる。かく言うそれがしも、おのれの器量に見合った文名や稼ぎを手にしているとは、とても申せませんのでな」

心配して損をした。いきなり効くものでもあるまいが、惣介と雪之丞の料理は、馬琴の自惚れ力をだいぶん取り戻させたようだ。

「おふた方もご存じのように、おのれを信じる気持やおのれを愛おしいと感じる心は、健やかに生きるために欠かせぬものです。それがあってこそ、才を磨くこともでき、禍を乗り越える力も湧き、身内や他人を思いやるゆとりも生まれる」

馬琴は枸杞茶を啜って、惣介と雪之丞を代わる代わる見やった。

「はああ、それで具合が悪ならはりましたんか。働き過ぎて頭が草臥れたんどすな。で、思うように考えが進んでくれへんし、何をやってもあかんような気がしてきた。気力がのうなって、起きてるのさえしんどなった、と」

雪之丞の声音にどこか気の毒がる響きがあったせいか、馬琴は、勝手な口出しに腹を立てるでもなくうなずいた。

「手短にまとめればそんなところでしょうな。風邪を引いて、ちと日にちの算段が

狂いましてな。それから先はもう、もつれた糸車のように、あれもこれも物事が上手く回らぬようになりまして……」

嘆息して肩をすぼめた姿が、ひどく年老いて見えた。馬琴は、戯作をつづけながら、神田同朋町へもしばしば足を運び、線の細い若い倅――宗伯の手助けもしている。

明けて五十八歳になる身には、背負いかねる荷もあるのかもしれない。

『世間が『馬琴は傲り高ぶって』と評しているのは承知ですが、その看板を掲げていてこそ、おのれを支えられる日もある』

「それだけやない。思い上がりの看板があってこそ渡れる浮き世の川、いうのもありますし、なぁ」

最後の『なぁ』は、惣介に向けられたものだった。然り。身のすくむような場面に巡り合わせたときに、できない、と立ちすくんでしまえば仕舞いだ。なんとかなる、と踏み出してこそ浮かぶ瀬もある。ただしそれは――。

「おっしゃることはようわかります。だが」

惣介は馬琴の表情を気にしつつ、口を開いた。

「おのれを頼む気持が助けになるのは、自身を育てる骨折りがあってのこと。少なくとも先達から何かを学び知恵や技を身につけたいと願う心持は入り用でしょう」

若いうちならいい。当人が気づいていなくとも、若さは力そのものだ。だからこそ、知恵も技もなしで、浮き世の荒波に泳ぎ出してゆける。

「紅塚主馬のように、三十路間近になって、拠って立つ精進もなしで、人より優れた力が生まれつきに備わっていると闇雲に思い込み、他から学ぶべきことは何もないと考えるなら、それはどこかで——」

「育ち方を間違えはったんどすやろなあ」

雪之丞が今度は惣介の話を途中で引き取った。おぬしも育ち方を間違えた一人だ、と言ってやりたくなる。

「そんなところでしょうな」

馬琴が嬉しげにうなずいた。

嬉しい顔になったのは、惣介が枸杞茶の代えを湯呑みに注いだからだ。

「お二方の仰しゃったとおり、三十路近くまでありもせぬおのれの力に酔い痴れたまま過ごしてきたとなると、紅塚主馬殿のこと、一朝一夕には片づきますまい。信を得た誰かが、じっくりと教え導くか、強く頭を打つ出来事があって、我が過ちに気づくか……」

ふいと馬琴が黙り込んだ。この男がより『身につまされていた』のは、真島では

なく、主馬にではないか——そんな気がした。

馬琴は九歳で父を亡くしている。父が仕えていた主家で我が儘な幼君の守りを仰せつかるも、ついに堪えかねて十四で出奔。馬琴もまた、あちらこちらで頭を打ちつつ、浮き世に馴染んで生きる術を身につけてきたのだ。

若い間は、いや、歳を重ねても、頭を垂れて人の教えを請うことは、恥でも何でもない。大事な知恵のひとつだ。が、身の回りにそう教えてくれる誰かがいるとは限らない。また、教えを請うべき相手が近くにいるとも限らない。

（他人事のように考えているが……）

主水と底を割って話をしないおのれはどうなのか、と思う。

（俺は、主水の背後に広がる外つ国の影に怯んでいる）

そう打ち明けたら、主水は何と返すだろう。

「それやったら、真島はんに事を分けてお頼みするしかしょうがおへんなあ、惣介はん」

それぞれの思いに沈んだ馬琴と惣介を尻目に、雪之丞があっさりとまとめた。

「真島はんは、御自身が辛抱ならんいうんで動いてるのと違いますやろ。跡目を継ぐ御嫡男が、気難しい組頭に仕えてしんどい思いをする。そこを案じてはるのや

し」

そのとおりだ。だからこそ、表沙汰にならない形で主馬を葬ってしまおうと画策している。

「出来は悪うても、主馬はんもまた右馬之助はんの大事な倅、ちゅう辺りをお話しするのんが、よろしんちゃいますやろか」

御広敷の中の間にいたときから、そう知っていたに違いない。

　　　　　（五）

組屋敷は多くの場合、同じ役目にたずさわる御家人へ幕府からまとめて与えられた土地に、それぞれが自前の家を建てて住まう形でできている。

ひとり当たりの割り当て坪数は禄高によって変わるが、三十俵高の八丁堀町方同心で各自約百坪。惣介や隼人のような五十俵高の幕臣は、約百三、四十坪の敷地を拝領している。

諏訪町の御台所組組屋敷の場合、この土地を総門で囲って木戸を設け、中心に三間（約五・五メートル）ほどの幅の道を通して、両脇に冠木門のある屋敷が並ぶ。

それぞれの屋敷の境は、生垣だったり板塀だったり。
建坪、家屋の作り、座敷の数や土蔵、湯殿のあるなしは、それぞれの懐具合によって違ってくる。

惣介の家なら、表の間が六畳と八畳、奥が六畳と八畳の四間に、炉を切った八畳ほどの広さの台所。それに四畳半の物置と離れがふたつ。家の大きさの割に土地が広いから、日当たりのいい南向きの場所は大半を畑にしてある。嫡男の小一郎が元服したらもう一間増やしたいところだが、懐の都合が許してくれるかどうか、危うい話だ。

これが四谷伊賀町の添番や伊賀衆の住居となると、ずいぶん様子が変わる。総門で囲う代わりに、拝領地を町人に貸して家計の足しにする町屋敷の形になっているからだ。敷地の中に貸家があったり、組に与えられた土地の幾分かが町人地になって見世が並んでいたりする。組屋敷の中に町人の住み処が入り混じっているわけだ。

ただし、どちらの場合も、直属の上司にあたる組頭の屋敷は、ごく近所にある。惣介は、伊賀町の片桐家の門前に立って、道の向こうからやって来る隼人を待っていた。どうやら、紅塚主馬の屋敷を訪ねた戻りらしい。朝靄が冬の通りを包んで、足元の枯れ残りの草に露が光っている。

「隼人。今朝はよう冷えたな。来る途中でこの冬初めての霜柱を見たぞ」

声をかけたが返事はなかった。ただわずかに微笑んだようではあった。やけにゆっくりした足取りが、いつもの隼人らしくない。不思議に思って視線を下に滑らすと、隼人の右手に握られた刀が目に飛び込んできた。刀心を伝って、切っ先からぽたりぽたりと血が滴り落ちている。

「主馬を斬ってきた。わかるだろう、惣介。他に打つ手がなかったのだ」

魂をどこかに落してきたような声だった。涼やかな目から涙が転がり落ちた。

「何と馬鹿なことを。俺に任せろと言うたろう。何ゆえ待てなんだ」

叫んだつもりで声がでない。走り寄ろうとしても足が前に進まない。もがいてもがいて、はっと目が覚めた。見慣れた天井がそこにあった。明け六つ

（午前六時前）の鐘が鳴っている。

（夢だ。ああ、夢で済んだ）

胸のうちでつぶやくなり飛び起きて、惣介は身支度を始めた。

昨日は、真島に言うべき言葉を見つけられないまま、馬琴の家からまっすぐ組屋敷に戻ってきてしまった。やはり伊賀町に行けばよかった、と悔やみながら寝床に入って、寝苦しい一夜を過ごした。その挙句のひどい夢だ。

（何をどう話せばよいのか未だにわからんが、言葉がないならないで黙って頭を下げればいい。どんな恥をさらしてでも、俺が隼人を守る）

寝たりない顔の志織に「朝餉は戻ったら食う」と言い置いて表に出ると、離れの前で主水が薪を割っていた。

「お師匠様、昨日のブッドでございますが、あれを——」

ブッドが葡萄のことだと気づくのに、しばし手間取った。はじき葡萄に使った残りをひと房、馬琴の家から持ち帰って主水に見せた。英吉利では〈ぐれーぷ〉と呼び、酒の材料になると教えてもらった。

「おぬしにやる。食べてかまわんぞ」

言ったきり返事も待たず、惣介は四谷に向かって走り出した。

真島の屋敷がどこにあるか知らない。そう心づいたのは、伊賀町にたどりついてからだった。

霜柱をざくざく踏み散らして諏訪町から駆けに駆けてきたが、何しろ遅さでは誰にも負けない足だ。夢とは違い、町はすっかり目覚めて、陽も高く昇っている。にぎやかな通りにたたずみ、惣介は思案に暮れた。

（仕方がない。まずは隼人のところへ顔を出すか）

息も切れている。この有様では、たとえ真島に会えても、まともにしゃべること

すらできそうにない。

「鮎川、おい鮎川惣介。俺はここだ」

とぼとぼと歩き出したところで、斜め後ろから声をかけられた。振り向くと、武

家屋敷の前に目当ての真島信右衛門がいた。真島家の門前ではない。百俵取りの門

構えは、どうやら紅塚主馬の屋敷らしい。

「俺を訪ねてきたのだろう。昨日のうちに来るかと思うていた」

真島はゆるりと側までやって来て、もの柔らかに笑んだ。

「はい……い、いえ、その」

返事に窮する惣介を、真島は面白がる顔で眺めている。ただでさえ上がっていた

息が、一段と苦しくなった。

「おぬしは中の間にいて、俺の独り言を聞いていた。それも承知だ」

「いや、その、なんとも、面目次第も、ござらん。決して、聞くつもりは……」

へどもどしながら、惣介は隼人の言葉を思い出していた。

『真島殿は剣の腕も立つ』

柱の陰に隠れた惣介の気配に気づかぬわけがなかったのだ。

「詫びは要らん。おぬしが居たからこそ口に出した」

「へっ……」

「おぬしと片桐の親しさは、よう知っている。例の松の一件も二人で探り当てたに決まっている。となると、あの独り言を耳にすれば、おぬしは平静ではいられまい。必ず俺を訪ねてくる。一人で来るか、片桐と連れ立ってくるかはわからないが、どちらでもよかった。俺なりの始末のつけ方を見届けてもらえれば——」

「も、もしやして……」

総身から血の気が引いた。

（間に合わなんだか）

『相打ちせよとの、天のお告げか』中の間で耳にした真島の重苦しい声が、頭の中でぐるぐる回る。惣介にわざと聞かせた独り言を実行に移したのなら、真島はすでに主馬を斬り捨て、これから自害する覚悟だろう。

やはり昨日のうちに来るべきだったのだ。

立っているのが辛くなった。このままでは、天文屋敷の門前の折りと同じしくじりをやらかす。朝飯を取らずに走ったのも、あのときと同じだ。気が遠くならない

うちに、惣介は地面にしゃがみ込んだ。張り詰めていた気持が萎えて、がっくりと肩が落ちた。

「いかん、これはすまぬことをした。おぬしがそこまで気を揉んでいるとは思わなんだ。おい、鮎川。大丈夫か。案ずることはない——」

真島が傍らに膝をついた。それでわかった。いや、鼻はもっと前に感じ取っていたはずだ。話のつづきを聞くまでもなかった。主馬は無事だ。真島の体のどこからも返り血の臭いはない。毒の香もない。

中の間での独り言は、惣介を呼び寄せるための餌に過ぎなかったのだ。

髷にわずかながら薬の匂いが染みている。どうやら真島は、右馬之助を見舞ってきたらしい。

「先祖が伊賀国の出だからかどうかは知らんが、伊賀町は蕎麦よりうどんが美味いようだ」

惣介を、近くの小さなうどん屋の小上がりに座らせて、真島はかけうどんを注文してくれた。自身は、独活の醤油炊きにたっぷりと胡椒を振ったのを肴に、ちろりの燗酒を引っかけていた。

運ばれてきたうどんは、甘みを抑えた色の薄い汁から昆布出汁の香りがほわりと匂い立ち、麺は腰が弱めで歯触りが優しかった。熱い汁が凍りついた血の巡りを溶かしたかのように、体がじんわり温もってゆく。

「片桐も知らぬことだが、俺と紅塚右馬之助は、竹馬の友てぇやつだった」

惣介の向かいでぐい飲みを舐めながら、真島はぽつりぽつりとしゃべった。

「互いに跡目となって後は、立場もあり往き来は減ったけれど、それでも非番には酒を酌み交わし、連れだって釣りに出かけ、物心ついて以来、五十年をともに過ごした」

懐かしげに空に目をやる姿は、五十年の日々が目の前に映り過ぎるのを眺めているかのようだ。いつか自分にも、隼人との年月をこんな風に宙に思い描く日がやってくる。そう考えると、胸の辺りがぎゅっと苦しくなった。

「それでな。今さっき、きちんと話をしてきた。主馬が、立派な伊賀衆組頭となるよう、今後は厳しく接すると。右馬之助からも、親代わりとなってくれと託してもらった」

ぐい飲みに注いだ酒をひと息に飲み干して、真島は真っ直ぐに惣介を見据えた。

「俺の力の及ぶ限りのことはするつもりだ」

迷いのない声音だった。

（これを隼人に聞かせたかった）

惣介の思いが伝わったかのように、真島が太息とともに鬢を掻いた。

「すまぬが、片桐にはおぬしから伝えてくれるとありがたい。俺が話すのが筋やもしれんが、今さらな気がしてばつが悪い」

「承知仕った。ご決心を聞けば、はや……片桐も喜びましょう」

「姑息な策をめぐらすまでもない。初めからこうすればよかった」とはいうても、相手は元組頭だ。おのれの立場を慮る気持もあってなあ」

真島は安堵の顔になったが、すぐに眉を曇らせて酒に目を落とした。

「右馬之助は身のうちに腫れ物のできる病でな。もう長くは生きられんそうだ」

幼馴染みの手下として過ごした日々が、真島にとってどのようなものだったのか。察することは難しい。だが、大事な友の治らぬ病を嘆く胸のうちは、我が身のことのようにわかった。

黙りこくった二人の肩を、長く伸びた冬の陽射しがそっと撫でた。

二日後。惣介が遅番の役目をほぼ終え、膳の戻りを待っていると、隼人が御膳所

の入り口に顔を出した。どうしたわけか中に入ってこようともせず、目顔で惣介を呼んでいる。側まで行くと袂をつかまれ、否応なしに御台所御門の外へ引きずられた。

「隼人、たいがいにしろ。俺は、今度こそ何が何でも決して、大奥の話は聞かん」

約定の団子もまだ届いておらんし――とつけ足したかったが、そこは堪えてやった。

「ふむ。この次からは聞かんでもいい。だが、これは〈願掛けの松〉の話のつづきだ。乗りかかった船だ。聞いてもらう」

言い様、隼人は懐から晒しに包んだものをふたつ、取り出した。

「半刻（約一時間）ほど前、組頭の主馬殿が詰め所で倒れた。吐き戻しの後、息も絶え絶えになって、一時は命も危ぶまれたのだ。添番詰め所奥の空き座敷に床を取って、真島殿が枕元に付き添っている」

二日前の真島との会話は、すでに隼人に取り次いである。そこを案じているのではなさそうだ。

「表御番医師の診立てでは、食あたりらしい。組頭は倒れる四半刻前に、御表使との用談があって大奥へ出向いていた。その席で酒とともに鯛の洗いを食したのだが、

「これが――」

「馬鹿馬鹿しい。診立てた御番医師は藪だ。城中で使われる魚は、よくよく吟味さ
れ、江戸中のどこより活きが良い。城中の刺身で食あたりが出るなら、江戸市中の
あちこちに食あたりの死人が転がり、魚屋は総見世仕舞いだ」

御表使が馳走した鯛なら、調製を受け持ったのは奥御膳所か長局の部屋方で、御
広敷御膳所にも賄い方にも直接関わりはない。無論、責めも及ばない。しかし「城
中で食あたり」などとささやかれる――そう思い浮かべただけで、顔に泥を塗られ
た気分だ。

洗いは、鯛や鯉や鱸など新鮮な魚を、糸作りや薄造りにして、冷たい水で洗って
縮ませたひと品だ。この頃は醬油で食することもあるようだが、たいていは煎り酒
とすり下ろした山葵を添えて出す。

「暑い時季なら知らず、神無月の鯛の洗いは、朝から作り置いても――」

「よしよし。惣介の言うことに間違いはあるまい。心配せんでも良い。食あたりの
因は鯛ではない」

なだめる顔で人の話をさえぎって、隼人が晒しの包みをほどいた。

ひとつ目は皿で、すでにざっと洗ってあった。それでも惣介の鼻には、ほどよく

脂の乗ったさばいて間もない鯛の匂いと、出来のよい煎り酒の香りが嗅ぎ取れた。けれども、最後に皿から臭ったのは、山葵のツンと鼻から脳天に抜ける心地のよい香とは、まったく違うものだった。

「おい、隼人。毒芹だ。毒芹の臭いがする」

「これか」

隼人がふたつ目の晒し包みを解いて、中身をつまみ出した。

「ふむ。間違いない。こいつは毒芹の根だ。おぬしらの組頭は毒芹の根をすり下ろしたものを、山葵の代わりに食うたようだ」

「どちらもごつごつした植物の根には違いないが、毒芹の根は山葵よりはるかに太い。そもそもすり下ろしてみればすぐにわかる。山葵が清涼な香りを放ち、美味そうな萌黄色になるのに引き替え、毒芹の根からは辛い臭いすら漂わず、色も青朽葉色だ。」

「御表使は、部屋方がこれを山葵と間違えた、と言うておるらしい」

「ふん、笑わせる。その部屋方が大根を蕪と間違えるほど間抜けか、さもなければわざとだ」

新参の添番や伊賀衆は誰もが、奥女中の悪戯の餌食になる。それは新参の伊賀衆

組頭も同様で、逃れることはできない。

悪戯といっても、警護に立っているところへ後ろから栗の毬を投げられたり、屈んだ尻を竹竿で突かれたり、いつもはたわいないものだ。

しかし、今回の毒芹には、相当な悪意が感じられる。二匁（約七グラム）――茶匙に一杯も食べれば、主馬は確実に死んでいた。

殺すつもりだったのかもしれない。とうの昔に〈願掛けの松〉の願文を見つけていて、主馬が毒芹で死んだら「呪い殺された」と噂を流す胸算用でいた。それも充分にあり得ることだ。

「どうやら、大奥でも無礼な態度でいたのだな。だいぶん御表使を怒らせたとみえる。下役の俺たちはともかく奥女中に向かってはくれぐれも行儀良くしろと、そう言うてやるのが親切だったか」

隼人が主馬の代わりに山葵を齧ったような顔で、首をさすった。

「なにしろ、無事に済んでよかった」

「おぬしは心優しい下役だの、隼人。どのみち主馬は、これからいくつも頭を打つことになる。打ち始めが大奥とは、伊賀衆組頭の門出にふさわしいではないか。不出来な奴でも、多少は控えるようになるやもしれん」

他に言うこともなかった。どうせ大奥には手が出せないのだ。

＊

神無月九日。

若年寄、堀田摂津守正敦の屋敷に於いて、西の丸書院番、松平外記が起こした刃傷沙汰の処分が言い渡された。

関わった者が挙って事をもみ消そうとしたせいもあり、西の丸御書院番頭の酒井山城守や西の丸御目付、新庄鹿之助、阿部四郎五郎がお役御免になったのを筆頭に、大勢が処罰を受ける結果になった。

が、外記と隼人のために特筆すべきは、ふたつだ。

ひとつは、外記の父親、松平頼母が御小納戸役を退いただけで許されたのに対し、外記に斬られて死亡したり負傷したりした書院番たちがことごとく改易となり、知行、禄、屋敷を没収されたこと。

もうひとつは、刃傷の場に居合わせたか否かにかかわらず、外記への新参いじめに積極的に荷担していた者たちが御役御免になり、見て見ぬふりをしていた者たち

にも不行届きのお叱りがあったこと。
卯月二十二日の出来事に、半年以上かかってようやく区切りがついた。隼人の目
に浮かぶ外記は、笑みをたたえるようになっただろうか。

　　　（六）

神無月も終わりがけになって、思いがけず、近森銀治郎が諏訪町の組屋敷を訪ね
てきた。風の冷たい、冬晴れの午後のことだった。
　銀治郎は西の丸御広敷御用達、近森家の跡取りで、いずれ父親が隠居したあかつ
きには、二百石とはいえ歴とした旗本になる。がその前に、去年の夏、妙な成り行
きから鈴菜の縁談相手となった。
　縁談のほうは諸々の事情があって立ち消えの態だが、鈴菜と銀治郎はすっかり気
心の知れた友としてつき合いがつづいている。
「生憎と、鈴菜は神田同朋町へ出かけて留守だ」
　惣介は、表の八畳間に火鉢と茶道具を出し、気の毒がる顔を茶菓子代わりにした。
鈴菜ばかりではない。

ふみは鈴菜について出ている。志織は伝吉を連れて、片桐家へ双子の子守に行っている。以知代が縁戚（えんせき）の葬儀に出るので、と名目はついているが、実のところは、八重と二人、亭主の愚痴を並べ合って、鬼の居ぬ間の洗濯に励んでいるのかもしれない。

　小一郎は手習いに出かけたまま遊びほうけているらしい。離れに主水が居るには居るが、親しく引き合わせるわけにもいかない。

「存じております。本道医になる修業をしておられるのでしょう。如何にも鈴菜さんらしい」

　同朋町通いはもう五月（いつき）に及んでいるのだ。銀治郎が知っていても不思議ではなかった。親に切り出す前に、まず銀治郎に相談したことも考えられる。

「今日は鈴菜さんではなく、鮎川殿にお話があってうかがいました」

　威儀を正してそう持ち出されて、惣介は持っていた湯呑みを取り落としそうになった。真顔で膝を乗り出されて気づけば、今日の銀治郎は珍しく袷羽織（あわせばおり）に袴（はかま）を穿いて、月代もきれいに剃（そ）っている。

（いよいよ来たか）

　面倒な事情が間にはさまっていたとはいえ、縁談を断りもせず進めもせず、一年

半以上も放り出してあったのだ。　格上の近森家が気を悪くするのは当然だし、責めはすべて惣介にある。

「鈴菜との縁談につきましては、近森様に対しましてご無礼——」

「ああ、違います。違います。縁談のことは、わたしと鈴菜さんできちんと片をつけてあります。話はなかったことになっておりますし、近森の親も仲立の労を執って下さった横手寿三郎殿も承知です」

頭を下げかけた惣介を、銀治郎が慌てて止めた。そう聞かされると、こちらが怒ったほうがいいような気がしてきた。縁組の話がなくなったことを鮎川家だけ告げられていないのは、それこそ無礼ではないか。

「その、鮎川殿のお腹立ちはごもっともでございますが、これには理由がありまして……」

惣介のむっつりした顔がよほど怖かったのか、銀治郎が弱り果てたように首を傾げて、へんにゃりと微笑んだ。

「では、その理由とやらを、とっくりと聞かせてもらおうか」

惣介は口をへの字に結んで、銀治郎のへにゃ顔を睨んだ。

銀治郎はまずは二百石の下級旗本から出発するが、もしかすると、いつか御広敷

御用人に出世するかもしれない。何かの間違いで、御広敷ばかりか他にも色々取り仕切る御留守居になってしまうことだって、絶対ないとは言い切れない。威張ったり叱ったりしておくなら、今のうちだ。

「ええ、その、つまり、鈴菜さんに心を寄せるお人がいるのは、鮎川殿もすでにご存じかと思いますが……その、ですね。わたしや香乃さんと遊びに行くと言いつつ、まことはその方と逢ったり、そういうときに、わたしとの縁談がまだあることにしておいたほうが、何かと都合が――」

しゃべりながら、銀治郎が上目遣いでこっちを盗み見た。それを思い切り射竦めておいて、惣介は茶を飲み干した。

（ええい、茶では話にならん。酒がいる）

横手寿三郎は、志織の実兄だ。いつだったか忘れたが、志織が『あの子はどうやら、好いたお方がいるようですから』と言って寄越した。あのときからすでに、志織は相手の名前を知っていたのではなかろうか。今日に限って出かけているのも、銀治郎がこの話をしにくると承知の上かと疑いたくなる。

「いつからだ」

惣介は鼻息とともに、銀治郎に詰め寄った。

「は、はい」

「その相手と鈴菜は、いつから、その……」

「あ、ああ。一年にはなりません。わたしと鈴菜さんが堀切の菖蒲田で初めて会ったときには、まだ相手の方の片恋だったのですよ。鈴菜さんは、まるで気づいてもいなくて」

「つまり、おぬしが仲を取り持ったのか」

「いえ、そういうことじゃありません。何となく、いつの間にか……」

ことの経緯を胸のうちで繰ったかのように、銀治郎の目が和んだ。

ふっと胸に迫るものがあった。

(この男は、出会って以来ずっと、鈴菜を兄のような心持で見守ってくれていたのだな)

自分が「知らぬは仏、見ぬが神」でいたことは、ちょいと脇に置くとして。親の手を離れても、こうして鈴菜を支えかばってくれる誰かがいる。それより幸いなことがあろうか。

とはいえ、質すべきことは仕舞いまで質さねばならない。銀治郎の温かさと鈴菜の恋路は別の話だ。

「して、其奴は誰だ。俺の知っている男か。なにゆえ、今まで内緒にしていた。そしてまた、なにゆえ、今日になってその話をする」

「今日、お話しに来たのは、鈴菜さんが本道医の修業を始めて、当面、二人の間柄が、鈴菜さんと相手の方の仲が、進みそうにないからです。これ以上、鮎川殿に近森家との縁談のことでお気を揉ませておくのは、面目ないので」

もっと前に『面目ない』と思って欲しかった。やけ酒ならぬやけ茶を飲もうとしたが、湯呑みは空だった。

「それで、内緒にしていたのは、その、鈴菜さんが、お父上になかなか打ち明けられずにいたのは、お相手が鮎川殿のお気に召さないのではないかと、苦にしていたからです。ですけれどもね。難しい行き掛かりはありましたが、わたしが思うには、なかなか面白い漢で――」

銀治郎の声が遠のいていった。

もう相手の名を聞くまでもなかった。確かに『お気に召さない』相手だ。頭に蓋をして、気づかないふりでいた。けれども本当はよくわかっていた。

皐月の出水の前と後に嗅いだ松脂の匂い。あれは、紛れもなく同じ松の匂いだった。

第三話　鈴菜恋病

（誰か追ってくる）

鈴菜は、滝沢宗伯から預かったからくり箱を胸にかき抱いて、背後に耳をそばだてた。雪もよいの空から、芝居の幕切れのように、するすると宵闇が下りてくる。

その奥に確かに人の気配があった。

足音は神田同朋町を出たときから後ろにあった。つけられていると知ったのは、湯島天神の切通しを登り始めたときだった。急坂に歩みが鈍ると背中で草履の音が止まった。足を早めると相手も早足で進み出すのだ。

いつもどおりに大きな通りを来たのは、しくじりだったかもしれない。妻恋坂を登れば良かった。あちらなら途中に辻番があった。後悔先に立たずもいいところだ。

ふみがいてくれれば、と考え、伝吉の大事のおっかさんであるふみを巻き込まずに済んで良かったと思い直す。

人気のない根生院の門前へ差しかかったところで、鈴菜は肩越しに後ろを見た。

湯島切通町の路地に、着流しの浪人者がすっと隠れる。月代が伸び放題の痩せた四十がらみの姿。それを目の端でとらえて、大きくひとつ息を吸った。鼻緒をしっかり足袋で挟んで、一気に駆け出した。

坂の中途は武家屋敷の白壁がつづく。が、坂を登り終えたら切通片町の棟梁屋敷がある。頼りになる大工の兄様や頭が住む場所だ。そこまで走りきれば、と思っていた。胸の片隅で、浪人者はついてこない。全部ただの勘違い。そう当てにしても

いた。

だが、後ろの足音は乾いた地面を蹴った。総毛立って振り向くと、浪人者が刀に手をかけて追いついてくる。逃げようとして前のめりになった拍子に、左の鼻緒が切れた。箱をかばおうとして腕から倒れた。

「その箱を寄越せ。大人しく寄越せば良し。逆らえば斬る」

荒い息とともに、鯉口を切る音がした。

「知っているぞ。箱の中にはどんな病にも効く薬が入っているだろう。売ればいい金になる薬だ」

「違いますよ。人を騙すための偽薬なんです。飲んだって効きゃしませんから」

宗伯から聞いたとおりに言い返したが、相手は執拗だった。

「嘘をつくな。どうでもいい薬をからくり箱に入れるたわけはおらん。黙って寄越せ」

「世間にゃお前さんが思いもつかないたわけが、五万と居んですってば」

誰かに聞こえるよう念じながら声を限りに叫んで、伸びてくる手から箱を守るために地面に丸くなった。偽薬のために死にたくはないが、刀に脅されて屈するのも嫌だ。

「盗れるもんなら盗ってごらん、この唐変木」

ぎゅっと目をつぶって切っ先が落ちてくるのを覚悟した。次の刹那、もうひとつの足音が坂を走り登って来るのに気づいた。側で浪人者がひゅっと息を呑んだ。

恐る恐る首を上げると、大鷹源吾が走りながら剣を抜くのが見えた。

浪人者が鈴菜に背を向け、抜刀して正眼に構える。大鷹は止まらなかった。右手一本で刀を脇に構え、走ってきた勢いのまま飛び上がって剣を振り下ろす。浪人者はそれを払おうとしたが、落ちてくる剣の重みに押されて、二歩、三歩とよろめいた。その腰を蹴り飛ばして、大鷹が上段に構える。

（斬る）

鈴菜はもう一度、きゅっと目を閉じた。ごきりと嫌な音がして、うめく声が聞こえた。薄目を開けると、浪人者は地べたに這って、左手で右の肩を押さえていた。血はひと滴も流れていない。大鷹が寸前で峰を返したのだと、鈴菜にもわかった。

「諏訪町まで送ると言ったでしょう。なぜ待たないのです」

剣を納め、浪人者の落した刀を拾うと、大鷹は鈴菜を見据えた。いつもは静かな目が厳しかった。本気で怒っているのがわかった。

「堪忍しとくんなさいな。御用繁多なとこへ、わたしの修業のせいでお世話をかけたんじゃいけないって、殊勝なことを考えたんですから」

詫びのお供に涙がついてきそうになって、鈴菜は唇を嚙んだ。浪人者が忌々しげにうなった。

「斬りませんでしたよ。肩を打ちましたが、骨が折れないよう力を加減しましたしね。鈴菜さんは怒ると怖いから」

大鷹はもう面白がる顔になっていた。切れ上がった目元が優しく細くなって、鈴菜の胸のどこかが、ことりと音を立てた。

（どうしよう。あたしはずいぶんと、このお方を好いてしまって……）

そこまで考えたとき、鼠色の空がぐるぐる回り出した。ふいと、目の前が真っ暗

になった。

（一）

「それで、大鷹は、ご丁寧にも浪人者の刀を鞘に納めてやって、諏訪町まで発熱した鈴菜を負ぶってきた。おまけに『面目次第もございません。わたしがついていながら』とかなんとか、こともなげに挨拶して帰っていった。どうにも『お気に召さない』」

惣介の愚痴を隼人は黙って聞いていた。が、笑い出すのを堪えているのは、ひくひく揺れる肩でわかった。

「笑うことか。信乃が誰かよその男に負んぶされている図を思い浮かべてみるがいい」

「そいつぁ、拐かしだ。鈴菜の例とはわけが違う」

言うなり笑い出すから、通りを行く町人たちが次々に見返った。

文政六年の暮れも押しつまって、冷たい空っ風が土埃を舞い上げている。例年なら、昼四つ（午前十時頃）の今時分、どこの通りも正月の支度で大賑わいだ。が、

今年は違う。

『本郷も 兼康までは 江戸の中』の川柳でよく知られた兼康横丁に接する板橋街道も、閑散として人影まばらだった。日本橋辺りさえ、いつもよりぐんと人出が少ないと聞く。

歳の市もこぢんまりとして、門ごとに景気をつけて餅をつく光景も見られない。

享和三年（一八〇三）の春以来、二十年ぶりに麻疹が江戸を襲ったのだ。

「よく呑気に笑っていられる。双子の麻疹が気にならんのか」

「そりゃあ、案じているさ。しかし、今年の麻疹は軽いともっぱらの評判ではある

し、幼いうちなら十日もあれば快方に向かうことはわかっている。すでに稗風呂も使わせたし、〈三豆湯〉も飲ませた。さっさと罹ってさっさと治るのが何よりだ」

一理ある。麻疹は一度罹ったら二度とは罹らないし、大人が罹ると重くなりやすい。罹らずに済ませる手がないなら、子どもの間に、そうして軽い流行りの年に、終わらせておくほうがいい。

惣介と隼人はともに、享和三年の流行りのときに十九で麻疹に罹った。熱が高く

発疹もひどくてずいぶん親を心配させたが、幸い二人とも命存えた。だが、あの年は、弥生から水無月までと、たった四月の流行りの間に、多数の死者が出たのだ。

あの年の皐月始め。麻疹が治ったのを祝う〈酒湯の式〉を終え、ようやく表に出た折りに、惣介は、諏訪町の方角から来る葬列を見た。小商人のものらしく、短いが整った列だった。

かつがれていく棺桶の側を、四つくらいの子どもが歩いていた。祖母と思われる白髪の老女が手を引いていた。棺の中の骸は、あの子どもの父親か母親だったのだろう。子どもは、負んぶや抱っこをせがんでぐずるでもなく、夏の陽射しに焼かれて、ただ、とぼとぼと歩いて行った。

幕府医学館で医師を指南した多紀元堅は、麻疹の進み方と治療を、初、中、末に分けている。

初は高熱、乾いた咳、鼻汁、くしゃみ、赤目、目脂が主な症状で、これが三、四日つづいた後で頬の内側に白い斑点ができる。このときには、体の中から麻疹の毒を出し切る薬を使う。

中はいったん下がった熱が再び高くなって、顔や首から目立ち始めた紅い発疹が、体や手足の先まで広がる。咳や鼻水もひどくなり、腹が下ることもある。口中にできた斑点や喉の痛みで、食欲が落ちる。ここで熱を下げる薬を使う。

末は回復期で、熱が下がり発疹も出てきたのと同じ順に収まっていく。病み疲れた体を癒やす薬を使い、体の中に残った毒を追い出す後養生をする。

と、まあ、こんな風だ。たいていは、この経過をたどって治癒するのだが、熱が下がらなかったり、咳が止まらなかったり、発疹がなかなか消えなかったり、治りかけで無理をしたりすると、心配なことになる。

隼人が双子に飲ませた〈三豆湯〉は、緑豆、赤小豆、黒豆、それに甘みつけの甘草を加えた煎じ汁で、麻疹に罹る前に飲んでおくと、症状が軽くて済むと言われている。

〈三豆湯〉のような前もって飲んでおく薬は、享和三年の流行りの折りにも、すでにあった。明石藩のお抱え医師、長島養三が処方し始めた薬で〈麻疹消毒丸〉という。

この〈麻疹消毒丸〉、いっときは、飲めば決して麻疹に罹らない、との噂も立った。実際にはそこまでの効き目はなかった。が、〈三豆湯〉同様、容体の悪化を防ぐ力はあるようだ。

そうして誰もが欲しがる「飲んでおけば決して麻疹に罹らない」霊験あらたかな

薬は、これまでのところまだ現れていない。

鮎川家でも、ぽつりぽつりと麻疹の噂が耳に届いたところで《三豆湯》を使い、稗湯を試した。そして七日前、嫡男の小一郎に、高い熱と咳、鼻水、くしゃみ、目脂の症状が出た。

城中の習いに従って、小一郎は奥の六畳間に一人で寝かせ、麻疹を知らない鈴菜もふみも伝吉も、それから罹った憶えがないという主水も、側に近寄せなかった。

麻疹を済ませた志織と惣介とで看病したのだ。

それだけ用心しても駄目なときは駄目で、一昨日の朝、伝吉が熱を出し、夜にはふみが倒れた。幸い今のところ皆、病状は軽い。小一郎などはすでに発疹も引きかけている。

ただ、たちまち手が足りなくなったから、諏訪町の《美濃屋》に、看病を引き受けてくれるばあやを一人、鈴菜の送り迎えをしてくれる下男を一人、貸してくれるよう頼んだ。その二人が今日から来てくれるという矢先の、昨日の奇禍だ。結局、当の鈴菜は鮎川家の一番新しい麻疹患者となって寝込み、借りるのはばあやだけでよくなった。

「鈴菜が怪我一つせずに済んだから、俺は笑っていられるし、惣介は怒っていられ

るのだ。大鷹が駆けつけてくれなければ、鈴菜は命を落としていたやもしれんのだぞ。

恩人に向かって『お気に召さない』はひどい。実際、ちゃんと礼も言った。だが『お

そのぐらい論されなくてもわかっている。礼ぐらい言うてやれ」

気に召さない』ものは断固『お気に召さない』のだ。

（人の気も知らずに、薄情な奴だ）

せっかくの非番を、朝から麻疹見舞いに来てくれたのは嬉しい。こうしてつき合

ってくれたのもありがたい。しかし、こっちだって、片桐家の双子がまだ発病して

いないと聞いて、家に上げるどころか門から入るのさえ止めてやった。

「そりゃ、おぬしは、大鷹とともに刃の下をくぐり抜けて、情も湧いているだろう

さ。だがなあ、俺は大事の娘を盗られかけているのだ。しかも相手は、あの水野和

泉守の懐刀だぞ。どんな企みを隠しているやもしれん。愛想のいい顔なぞできる

か」

「盗られるも何も、いずれは嫁にやらねばならんだろう。大鷹はこの先、浜松藩の

城代家老に……いや、彼奴の根回し上手や気の利くところを考えれば、江戸留守居

役がふさわしいか。なにしろ出世するのは間違いない。鈴菜のためを思えば、貧乏

旗本や御家人に嫁がせるよりはよほど──」

「やかましい。あとひと言でもしゃべったら、俺はここに座り込んで夜まで一歩も歩かないから、そう思え」

双子がまだ乳飲み子だった去年の夏、隼人は『信乃に縁談など持ってきたら、俺は断じて許さんぞ。縁戚だろうが旗本だろうが斬り捨ててやる』と息巻いていた。

そんな親馬鹿守から『鈴菜のためを思えば』なぞと、説教されるいわれはないのである。

しぶしぶ口を閉じた隼人を引き連れて――いや、隼人に引き連れられて、惣介は春木町を横切り、霊雲寺の門前を通って、妻恋坂を下った。

昨日、鈴菜が危うい目に遭った根生院へつづく広い通りを避けたのは、娘が恐ろしい思いをした場所を見たくなかったせいもある。昨日の浪人者がまだいるような気がして薄気味悪かったこともある。

目指しているのは、同朋町の滝沢宗伯の家である。

鈴菜は宗伯からからくり箱を預かってきた。中の品を嗅いで材料を突きとめてくれ、との依頼だった。縦一寸五分、横二寸、高さ一寸といった小さな箱だが、如何せん開け方がわからない。鈴菜も教えてもらってなかった。

用心してわざわざこんなものに入れたのだろうが、とんまな話だ。

「からくり錠と同じ仕組みなのですけれどもねぇ」

宗伯はこんな簡単なことがなぜわからない、と言いたげな顔でスルスルと箱を開けて見せた。箱の側面に、木目で巧く誤魔化して切れ目が入っている。これを決まった手順で縦横にずらせば開くのだ。

からくり錠もからくり箱も、動かす順番を知っているから開けられる。知らなくても開けられたら、からくり錠は錠の役を果たせないし、からくり箱にいたってはただの箱だ。と、思ったが、相手は鈴菜の師匠である。

「見世に並んでいるからくり箱は、せいぜい三回ずらすだけですが、これは五回もあちらこちらと動かさないと開きません。別誂えで作らせたのです。なかなかいいお値段がいたしました。父には内緒ですけれども」

宗伯が得意気に痩せた顎を上げた。

このあたりが、二十九歳にしては子どもじみている。始末屋の馬琴が聞いたら、倅の無駄遣いに腹を立てるに違いない。「そんな金子があるなら、足りない建具を買い足すがいい」とでも言いそうだ。

馬琴が文政元年に買い取って妻の百と倅、宗伯を住まわせているこの家は、前の

持ち主が途中で普請を放り出した代物だった。台所や納戸は未だにきちんと出来上がってはいない。襖もあちこち抜けたままだから、風が吹き抜け放題で、こうして座っていても寒くて困る。

「ですが、このように、思わぬところで役に立ちましたからねぇ」

役に立っていない。てんで役に立っていない。むしろ厄災を招いたと言える。

おかげで、鈴菜は『どうでもいい薬をからくり箱に入れるわけはおらん』と思い込んだ浪人者に襲われたし、惣介は諏訪町からここまで歩く羽目になった。手にして羨ましがるのは雪之丞ぐらいだ。

とも思ったが、これも、娘のために言わずにおいた。父親は辛い役目なのである。

おまけに、毎度お馴染みながら、この家では茶一杯も出てこない。

開いた箱を受け取ってみると、中には丸薬がひとつ。親指の先ほどの大きさで、鳶色をしている。豆飴の匂いがした。

「水飴を煮溶かし、きな粉を混ぜ込んでこねたのを豆飴と呼ぶ。細長い形で、足利家の幕府の頃からある品だ。こいつはそれを丸くした物のようだが──」

「水飴ときな粉だけですか。他になにか……薬の臭いはしませんか」

宗伯は目の色を変えていたが、期待に添う返事はできなかった。

「かすかに糠が臭うようだが、生薬は臭わんな。とは言うても、俺の知らぬ薬はいくらもある。水飴ときな粉の匂いに打ち消されるほどの臭いしかない薬が入っているやもしれんし、無臭の何かが混じっていることもあり得る」

鈴菜の師匠があんまりがっかりした顔をしたので、そうつけ加えた。けれども、薬が入っていれば、名前はわからなくとも臭いは感じとれるはずだった。

「して、これはいったい何だ」

黙って腕を組んでいた隼人が、脇から口を出した。宗伯はやけに張り詰めた様子で、座敷の壁に耳が生えていないか確かめた。奥に引っ込んだままの母親、百の気配をうかがい、ついでに天井まで眺め回して、声をひそめた。

「飲めば一生、麻疹に罹らずに済む薬だというのですが──」

そこまで聞いて、今度は隼人の目の色が変わった。

「もらってもいいか。信乃と仁に飲ませたい」

「効きませんよ」

宗伯がきっぱりと言い切った。

線が細く病弱だが、宗伯は腕のいい医者だ。馬琴の伝手があってのことかもしれないが、三年前から松前藩のお抱え医師を務め、昨年には筆頭医師にもなっている。

その宗伯が効かないというのだから、間違いなく効かないのだろう。

《麻疹討滅丸》というのですけれど——」

口にするのも馬鹿らしいと言いたげに、宗伯が鼻を鳴らした。

「効かないのに、ひと粒が五百文します」

何とも言えない値段だった。

小上がりのある蕎麦屋の酒が、一合で四、五十文。裏店の店賃は、たいていが月百文である。そうして、医者に診てもらうと、養生薬一服について二分ずつかかる。銭に換算すれば、だいたい二貫文（銭二千枚）だ。

この丸薬は、医者への払いと比べれば、格段に安い。だが、飲んでも効かないなら、九尺二間に五月住めるのと同じ金額は高い、いやそれどころか騙りとも言える。

困るのは、医者のほうも、麻疹から命を守ってくれるとは限らないことだ。では、二分ふんだくって命を助けられない医者は騙りなのか、と訊かれれば、それは違う。

つまるところ、この丸薬が騙りか否かの判断は、効かないと知っていてひと粒五百文で売っているのか、効くと信じてやっているのか、による。

考えているうちに、わけがわからなくなった。

「わたしが案じているのは、効かないことでも五百文することでもありません」

惣介の頭がこんがらかっている間も、宗伯は隼人を相手に力説していた。

〈麻疹討滅丸〉を飲んだお人が、効能を信じ込むことです。麻疹の症状が出ても、麻疹のはずがないと決めつけて、医者にもかからず養生もせず、挙句、落さなくてもいい命を落すことになる。許してはおけません」

「……なるほど。それは、いかんな」

隼人が気の抜けた声で相づちを打った。

いつもの隼人なら、大いに憤ってすぐにでも策を練り出すところだ。〈麻疹討滅丸〉が効かないと聞いてがっかりしたあまり、宗伯の話を右の耳から左の耳へ素通りさせたらしい。

（隼人の奴、懲りもせずに願掛けをしたな）

皐月の出水のとき隼人は、子煩悩を慎む代わりに雨を止ませてくれるよう、八代竜王に願をかけた。

今回は、双子の麻疹を心配しない代わりに、流行りが大きな禍をもたらさないよう願ったに違いない。へそで味噌汁が沸く話で、双子の心配をしない隼人なぞ、四角い卵ほどあり得ない。

「願掛けの相手は、入谷の鬼子母神か」

前置きもなしにすっぱりと訊いてやると、果たして隼人の頬が朱くなった。

「俺のことも、つまらん親馬鹿はさせません、とか何とか添え物にしただろう」

隼人が耳まで紅くなった。どうりで、鈴菜と大鷹のことをあっさり笑い飛ばすはずだ。

「いいか。俺が鈴菜の惚れた腫れたを危ぶむのは、親馬鹿じゃない。至極当然の心配りだ。同様に、おぬしが仁と信乃の麻疹を案じるのも、当たり前のことだ。鬼子母神様もそれくらいわかって下さる」

「ふむ。八重にも、安閑と構えすぎだと難じられた。胸のうちに心配の種がぼうぼう繁るのは止められんし、毎日、気が気ではない。かと言うて、今さら願掛けを引っ込めるのも心掛かりで、どうにも困っていたところだ」

「それなら、ちょうど良かった」

宗伯が勇んで割って入ってきた。

「〈麻疹討滅丸〉を売っている者は、下谷坂本町に住んでおるのです。入谷鬼子母神の真源院とは目と鼻の先だ。願をかけ直すついでに、お二人で探ってきてもらえませんか」

「何を探る。丸薬が効かないとわかっているなら、おぬしが町方に届ければ済むこ

と。

俺や隼人では、薬のことも処方のこともわからんし」

丸薬を嗅げと言われたから嗅いだ。豆飴と同じようなものだと突きとめた。あと

は宗伯の仕事だ。屋敷には四人も麻疹の病人がいる。早く帰って様子を見てやりた

い。それに、さっきもこんがらかったが、薬だの医者だのは、何が騙りで何が療治

か、どうもよくわからない。

「よくそんな恐ろしいことが、仰しゃれますね。どなたか江戸の医師が、万が一

《麻疹討滅丸》を患者に処方していたら、どうなります」

気づけば宗伯は立ち上がっていた。胸の前で両の拳を握りしめ、馬琴に似た薄い

唇がひくひく震えている。ほっそりした首筋と垂れ下がった鼻の先が真っ赤になっ

ていた。

「わたしは、町方に医師仲間を売り渡した裏切り者よ、と生涯責められるでしょう。

もし、その医師が師匠筋のお方だったら、それこそ終わりです。わたしが医師とし

て終われば、鈴菜さんも修業がつづけられなくなるんですからね」

最後は金切り声になっていた。

鈴菜のことはさておき、宗伯の言い分はもっともだった。おのれに当てはめてみ

ればすぐわかる。

（俺が、他の台所人の料理のしくじりを組頭に言いつけたら、御膳所での立つ瀬はなくなる）

ましてやことは偽薬だ。料理をしくじっても面目を失うだけだが、偽薬を売ったり処方したりの咎で町方に捕らえられたら、死罪はまぬがれない。

医師には学統と呼ばれる派閥がある。若い医師は、どの学統の医師を師匠としたかで、振り分けられる。それぞれの学統によって、病についての考え方はずいぶん異なるし用いる薬も違ったりする。学統内で師匠筋を怒らせたら、医師の看板を下ろす羽目にもなる。

宗伯がどれほど動きづらいか。癇癪を起こす前に察してやるべきだった。行く先に厄介な立場が待っているのを覚悟で、宗伯は宗伯なりにわずかながら危うい橋を渡った。誰かが『落さなくてもいい命を落すことに』なるのを止めようと、惣介たちを頼ったのだ。

二年前、宗伯が不審を抱いて持ち込んできた話は、裏に大ごとが隠れていた。今回はさほどでもないかもしれないが、宗伯が騒ぐからには相応のことがあるのだ。

それをぼんやり聞き流したのは、どうしたって惣介と隼人が悪い。

「ようわかった。深く考えもせず『町方に届ければ済む』なぞと、長閑なことを言

「俺も行く。ついでに、願掛けのやり直しがきくかどうか、様子を見てこよう」

「渡りに船だ」

惣介と隼人が二人して逆らわない返事をしたから、宗伯は居心地の悪そうな顔つきになった。まあ、たいていの者は、癇癪を破裂させた後、こんな風に小恥ずかしい気分になるものだ。

どうせ恐縮しているのだから、もうひと押し恐れ入らせてもかまわない気がして、鈴菜が浪人者に襲われた話をした。てきめん、宗伯は瓜を塩で揉んだように萎れて、へたへたと座り込んだ。

「そ、それで、お怪我は……」

「いやなに。転んで腕をすりむいたが、それだけで済んだ。ひきかえに麻疹にやられて寝込んでいるから、しばらくはご教授も願えないが」

「その浪人者は、四十を越えたくらいの痩せた奴でしょう。其奴は、昨日の昼間、わたしが《麻疹討滅丸》を購ったときにまとわりついてきまして。くれないかとうるさく言うので『松前藩のご老公に御献上申し上げる万能薬である。控えよ』と一喝したのですが……」

宗伯の一喝ぐらいでは、相手は動じなかったにちがいない。あとをつけてきて隠れていた様子をうかがい、丸薬がからくり箱に入れられたのを知って、中身を『どんな病にも効く薬』だと思い込んだのだ。盗み聞いている間には「効かない」だの「偽薬」だのの言葉も耳に届いたはずだ。が、人の耳というのは、おのれの聞きたいことだけを拾ってしまう癖がある。

宗伯が大仰な嘘をつき、『どうでもいい薬をからくり箱に入れるたわけ』だったせいで、鈴菜が危うく死ぬところだった。そう考えると、さすがに中っ腹になった。

「浪人者に向かって『効かない薬を手に入れてどうする』と正直に怒鳴っておいてくれれば、鈴菜は怖い目に遭わずに済んだやもしれんですな——」

「まことに、まことに。大鷹殿が送り届けてくれるとばかり思うておりましたので。そこにも油断があった。面目ない」

深追いしたら、藪から蛇が出た。宗伯まで大鷹と鈴菜の仲を知っているのだ。燃えさかる炎をなす術なく眺める火消しの気分で、惣介は話を〈麻疹討滅丸〉を商う見世の在処へと切り替えた。隣で隼人がにやついているから、余計にむしゃくしゃした。

ともあれ、滝沢家を後にするときには、宗伯は体が十重二十重に折れ曲がるほど

小さくなって、刷り物を一枚ずつくれた。

麻疹に罹ったときに使うと良い薬、飲んではいけない薬、それぞれの薬を用いる

時期、食べてはいけない食品、食べると養生になる食材、それに、してはいけない

ことを書き連ねた、印施と呼ばれるちらしである。

この手のちらしは、市中のあちこちでただで配られている。麻疹養生書も、流行

るのを手ぐすね引いていたとばかりに、新しいのが続々と売り出されている。

そうは言っても、気は心なのである。

「禁忌の食べ物は数が多すぎると思います。二十日は風呂に入るな、というのも首

を傾げます。あくまでわたしの考えですけれども」

と、医師らしいおまけのひと言もついてきた。

　　　　　（二）

「見ろ、薬屋が雨後の筍だ。享和のときと同じだな。待ちかねた流行りがやって来

たわけだ」

宗伯から聞いた町筋を、真源院の近くまで来たところで、隼人がげんなりした声を出して歩をゆるめた。

言うとおりで、通りに面した表店が、元の商いを隅に寄せて薬を商っているのが目立つ。それで足りずに、軒下を借りた床店の薬屋までであった。

九十年以上前、享保十五年（一七三〇年）の麻疹大流行の折りとは時代が違う。

浮き世の姿も、そこを漂う人の心の有り様も、ずいぶん変わった。

今どきの江戸では、皆が皆、麻疹の蔓延を案じているとはいえない。気を揉んでいる者たちも、必ずしも死者が出ることを心配しているとは限らない。二十年ぶりの「はしか銭」を皮算用している連中が大勢いるのだ。

江戸の薬種問屋は、文化年間に二十五軒が新たに幕府の許可を得て、全部で五十一軒と定められている。幕府に冥加金を納め、橋や道の普請に金を出し、町をとどこおりなく治めるための役目も果たす。

だが、薬屋を始めるのにお上の許しはいらない。冥加金もいらないし、役目もない。

金のない町人は、麻疹に罹っても医者に診てもらうことをせず、売薬を飲んで済

ませる。百万を超える江戸の住人は、大半がその日暮らしの貧乏町人だ。流行病の時期に薬屋を見世開きすれば、居眠りしていても銭が膝に積み上がる寸法だ。

隼人の歯嚙みをよそに、薬屋はどこも賑わっていた。どうせ薬を購うなら、子育ての守り神、鬼子母神の目の届くところで──と考えるのも親心だ。薬屋の脇には物売りが出て、麻疹防ぎのまじないの歌を書く多羅葉や、麻疹を軽く済ませるお守りの括り猿の玩具を売っている。どちらも、享和より前の流行りでは見られなかったものだと聞く。

禁忌の──麻疹になったら五十日は食べてはいけない──食物も、そらでは覚えきれないほど増えた。

冷たい物、酸い物、辛い物、塩味の濃い物、脂っこい物、炒めた物、臭い青物（大蒜や韮のことだ）、酒、蕎麦、うどん、小魚以外の魚、鰻、鶏、卵、茄子、砂糖、茶、白湯。

蕎麦や鰻がいけないことになったから、蕎麦屋や鰻屋は閑古鳥が鳴いているし、魚屋はこの時季に懐を潤してくれる鯛や戻り鰹が売れなくなった。

逆に麻疹の養生に効くとされる百合根、長芋、干瓢、それに豆類の値が上がり出

している。享和のときには、町奉行が触れを出してもこの手の動きは抑えられなかった。今年も同様になりそうだ。

世が進んで、腑分けもしばしば行われるようになり、蘭学の知識も広まっている。

それでありながら、新しいまじないやお守りが次々出てくる。よりどころも示されないまま、食べ物が麻疹に良い悪いと区別され、それが決まりごとのようになる。

妙な話だ。

そう考えつつ惣介も、禁じられた食べ物はつい避けている。

今日も、せっかくだからと、括り猿を伝吉への土産に一つ買い求めた。何かの足しにはなる気がする。他の連中も似たような気持で買って行くのだろう。

皆、絶対と頼れる治療法がないから、浮き足立つのだ。

（権太は無事だろうか）

惣介は室町の浮世小路に屋台を出している蕎麦屋を思い浮かべた。ちょうど昼時だから、腹の虫が尻馬に乗って鳴き出した。

権太は、儲けは二の次に良い材料を使い、技の限りを尽くして美味い蕎麦を食わせてくれる。湯気の立つのをふうふう吹きながら啜れば、憂き世の物思いもしばしどこかに消え失せる。忘れ草みたいな蕎麦だ。

去年の春に見つけて以来ずっと贔屓（ひいき）にしているが、師走（しわす）に入ってから行っていない。若いとはいえ麻疹は済ませていそうな年だが、客が減って困っているかもしれない。

（明日、当番が済んだ後で覗いてみるか）

のど越しのいい蕎麦とこくがあるのに後味良く仕上がった汁を思い描き、うっとり歩いていると、いきなり隼人が差し迫った声を出した。

「惣介、あれだ。どうもたいそうな並びようだな」

指さしたほうに目をやると、間口一間ほどの二階屋の見世の脇で、〈麻疹討滅丸（はしかとうめつがん）〉と黒く染め抜いた幟（のぼり）が、寒風にばたばた音を立てている。その前に三十人ほどが、隣の乾物屋まではみ出して列を作っていた。乾物屋の亭主は、迷惑の分を儲けで取り返そうと決めたらしく、並んだ客に高い値のついた小豆（あずき）や鰹節（かつおぶし）を勧（すす）めている。

客に貧しい身なりの者はいなかった。

主人の言いつけで来たらしいお店者（たなもの）や職人の頭（かしら）ふうの中年、船宿の女将（おかみ）だろうか、粋な中年増もいる。それが、銭さしに通した一貫文の束を、四本、八本と出して、若い奉公人や弟子や船頭が麻疹で寝込めば、商いや注文の仕上げに差し障りが出る。飲ませて麻疹を逃れられるなら、ひと粒五百文

八粒、十六粒と買い求めていく。

193　第三話　鈴菜恋病

は安いのだろう。

売り手は二人いた。見世先に小柄ながら引き締まった体つきの男が一人。行列の後ろで商家の隠居風の年寄りと話している、下ぶくれで眠たそうな目元のずんぐりむっくりが一人。

二人とも年の頃、二十五、六で、総髪を小ぎれいに整え、黒の長羽織と無地の綿入れを行儀良く着こなしている。丸薬を作った当人なのか。商人というよりは、蘭学の医者みたいな風体だ。

小柄なほうは、饅頭型の顔も鼻も大きく、眉が濃い。男前と言うにはくどい顔立ちだが、ちょっと奥に引っ込んだ下がり気味の目元に愛嬌があった。

「さて、どうする」

と、隼人に声をかけたところで、下ぶくれと話していた年寄りが、錆釘をこすり合わせたような声を上げた。

「もう講釈はいらないよ」

小さな枯れ果てたような体が小刻みに揺れ、声も震えていたが、目だけはぎらついて下ぶくれを睨めている。

「何と言われようが、効かなかったんだからさ。銭を返してくれるのが、筋っても

んじゃないかい」

「ですからね、ご隠居様。五日経っても発疹が出ずに熱と咳だけなら、それは風邪でございます。《麻疹討滅丸》は麻疹は防ぎますけれど、風邪には歯が立ちませんので」

隠居に対抗して、下ぶくれの声も大きくなった。それでも声音は、聞きわけのない幼子をあやすように優しかった。

「孫は風邪じゃないよ。あんなしつこい咳ぁ——」

「なんにしたって、薬は飲んじまったんだろ。出して返すわけにもいかねぇやな」

隠居のキイキイ声を、職人風の男がかき消した。

「なあ、ご隠居。煮売屋で酒ぇ呑んだと思いねぇ。酔っ払えなくたって、呑んだ分の銭は払うしきゃねぇだろう。おんなしことじゃねぇか。もう諦めなって」

寒空に待ちあぐんで、苛立ちを隠居にぶつけた形だ。それでも中身は筋がとおっている。列のあちこちから、男の肩を持つ声が上がった。隠居は真っ赤になって職人風を見据え、下ぶくれを睨みつけた。が、やがて諦めたように首を垂れ、振り切るように列に背を向けた。その拍子に、凍えた風が、鰻のたれの匂いを運んできた。蒸した鰻によく合いそうな、醤油を少なめに味醂を利かせたあっさり味のたれだ。

（ははあ、鰻屋の隠居か）

商いは左前になる。孫は咳が止まらない。〈麻疹討滅丸〉に支払った五百文を返してもらって咳に効く薬を買うつもりで、老いた体をここまで運んできたのだろう。

「あれをどう思う」

隠居は、体を左右に揺らしながら、のろのろと離れていく。それをただ見送っているのが辛くなって声をかけた。が、隼人は隣にいなかった。惣介が後ろの成り行きに気を取られている間に蟻の側まで進んでいたのだ。そればかりか、垂れ目のほうに、何か耳打ちしている。

走り寄ると「……飲ませたが、麻疹になったぞ」と、ささやき声の後ろ半分だけが聞こえた。

「そんなはずはございません。手前が長崎で学んだ作り方を、きちんと守ってこらえております。欧羅巴で新しく考え出された処方です」

垂れ目は、客の耳をはばかる様子もなく、狼狽えた声を上げた。思いもよらないことを聞いて、まごついているやに見えた。

「風邪には効きません。けれど麻疹は必ず防いでくれる薬なのです」

垂れた目をキッと瞠った顔は真剣だった。

「大福帳に、お名前を頂戴いたしましたか。万万が一、効き目が悪かったときの用心に、お住まいの場所までおうかがいしておりますが」

隼人が答に迷うのを見て、相手は小さく息を呑んだ。

「もしや、お武家様はどこかで偽薬をお買い求めになったのではございませんか。正真正銘の〈麻疹討滅丸〉はこの見世で仕上げをして、この見世でしか売っておりません。ですが、この頃〈麻疹討滅丸〉の偽物が出回り始めたと、噂には聞いております」

売薬が評判になると、必ず擬い物が現れる。言い逃れのでっち上げとは断じきれない。ひたむきに言い張る姿を見れば、この男、〈麻疹討滅丸〉の効き目を心から信じているようでもある。

「怪しい偽薬を飲んでしまったのだとすると、麻疹が重くなることもあり得ます。症状をうかがって、打つ手を考えましょう」

どうぞ、奥へお通り下さい。

こちらの返事も待たずに、垂れ目は、乾物屋に詫びを入れていた下ぶくれに声をかけた。

「彦作。こちらのお武家様が、どうやら偽薬をお買い求めになったらしい。わたしがお話をうかがうから、見世を頼むよ」

下ぶくれは彦作という名だとわかった。同時に、惣介と隼人は、小さなつむじ風に巻き込まれた態で、見世の奥へ入ることになった。ついて歩むと、垂れ目の体から水飴の甘い匂いがただよってきた。見世の中で薬を仕上げている、というのは本当らしい。

表長屋の小見世は、だいたい同じ造りだ。

狭い通りに面して見世があり、奥に六畳が一間、その奥に小さな台所がついて背戸――勝手口がある。二階屋なら、はしご段を上がった上に寝間兼居間の六畳がひとつ増える。見世とすぐ隣の奥の間は戸障子で仕切って、帳場格子があったり、なじみ客をもてなすための茶道具を置いたり。

けれども、惣介と隼人が招き入れられた奥の間は、普通の見世のそれとはずいぶん様子が違っていた。

乾物屋との境の壁に生薬を入れる百味箪笥が置かれ、その前には生薬を切る片手切り、すり潰すための薬研、それに、薬匙と乳鉢と秤が揃えてある。薬屋というより医者の家だ。

百味箪笥と向かい合わせの壁の小さな窓をほんの少し開いて、その下に年季の入

った長火鉢が寄せてある。鉄瓶に湯が沸き、座敷は暖かだった。

「手前は桃市と申しまして、元は江戸の生まれでございますが、五つの年から長崎で育ちました」

桃市は窓を閉めながら挨拶すると、惣介と隼人を火鉢の傍に座らせた。

「二十年前の流行りの折りに、ふた親を麻疹に持っていかれまして。そりゃあもう遠い遠い縁戚を頼って、長崎へ行くことになりましたので。ずいぶん辛い思いもいたしました。それでもどうにか十まで育って、長崎の薬種問屋へ奉公に上がりました。門前の小僧と申しましょうか、お店で蘭方のことをいろはのいから習いましてね」

問わず語りに身の上を語っているのは、さっき見世先で口にした『長崎で学んだ作り方』が嘘ではないと示したいためだろう。

「それで、ひょんなことから、飲めば麻疹を防ぐ薬の作り方を教わったんでございます。こしらえ方をお話しできれば、効くのも道理とご納得いただけるでしょうが、それは秘中の秘ですので――」

しゃべりながら桃市は、ゆかりと千切りにした生姜、それに黒砂糖を三つの湯呑みに分けて入れ、鉄瓶の湯を注いだ。座敷に紫蘇と生姜の、嗅いだだけで体がほん

のり温まる匂いが満ちた。それぞれの湯呑みに蓋をして蒸らす手つきにも抜かりがない。

鈴菜は半年以上も宗伯に師事しているが、これだけ滑らかに紫蘇茶を支度できるかどうかあやしい。桃市が十数年、薬種問屋に奉公していたのは事実だろう。

「初口だけ打ち明けますと、麻疹患者の発疹を拭った糠袋の絞り汁を酒樽十杯分の水で薄めまして、それを丸薬の中にひと垂らしいたしておりますので」

それでごく微かに糠の匂いがしたのだと知れた。

「それはつまり、毒を以て毒を制す、の考え方か。そんなことは、生薬を使うときにもやっている。本道医も皆が皆、馬鹿面を並べているわけじゃあない。そもそも、麻疹患者の発疹に、麻疹の毒が漏れ出ているかどうかさえ、はっきりせんだろう」

隼人が怖い声を出したが、桃市は引き下がらなかった。

「糠袋の絞り汁は材料です。絞り汁の扱いにも、垂らし方にも、たいそう工夫がしてございます。その工夫で効き目が現れるんです。五百文は高いとお考えになるでしょうが、手間暇のことを思えば安いくらいでして」

隼人の言うとおりで、発疹に麻疹の毒が含まれているかどうかはわからない。糠袋の絞り汁で麻疹が防げるというのも、首を傾げる。だが、扱い方次第で変わるも

のがあることはうなずけた。

料理に使う塩や、塩のつかみ方や振り方、どの高さから振るか、などなど、わず
かな手さばきの違いで味に差が出る。うどんも、打ち方次第で腰の強い弱いが決ま
る。医者が処方する薬も煎じ方や飲み方で効き目が変わる。

〈麻疹討滅丸〉の効き目は、いずれときが来ればご納得いただけましょう」

桃市はため息一つで隼人を諦めて、目線を惣介に移した。

「苦心に苦心を重ねて出来上がった丸薬を手にいたしましたら、もう、矢も楯も溜
まらなくなりましてね。それで江戸に戻ってきたんです。親が麻疹で亡くなれば、
ひどい目に遭うのは子どもでございます。手前のような子どもが二度とでないよう
にしたい。その一念で駆けるように下って参りました」

〈麻疹討滅丸〉が効く、効かないと一日中、言い争っても仕方がない。惣介には他
にわからないことがあった。

「江戸にはいつ参られた。よくお店から休みをもらえましたな」

道中手形はどうにかなったとしても、若いお店者が長崎から江戸までの旅費などう
やって工面したのか、店賃や見世開きの費用はどこから出たのか。それに、いつ
この見世を借りたのか。家財道具や薬屋の道具は、江戸に来てから揃えたのか。

訊ねたいことは幾つもあったが、惣介の問いは、ふたつの湯呑みにさえぎられた。

「お寒い中を歩いてこられたのですから、体の芯が冷えておられましょう。少しずつお飲み下さい」

湯呑みを差し出してくれる仕草も、お店者らしく躾が行き届いている。物言いも真っ当だ。気になるところはあるが、騙りを働く輩には見えない。

（それにしても、手際が良すぎる）

紫蘇茶の供し方ではない。商いを始める素早さのことだ。

小なりと雖も見世は見世である。幟を注文し、見世構えを準備し、奥の間を整えるには、いくら急いでも半月はかかる。しかも、麻疹が流行り出してようやく十日ほどだというのに、《麻疹討滅丸》の名は行列ができるほど広まっている。

麻疹が流行るのを見越して長崎を発ってきたにしても、江戸で手引きをする者がいなければ、こうとんとん拍子には行くまい。

（桃市は麻疹をなくしたい一心だとしても、江戸で支度をした者はどうだろう）

考えながら湯呑みを取り上げると、まず鼻に紫蘇の香りがきた。ひと口飲めば、喉を生姜のぴりっとした感触がすべり落ち、それから空きっ腹に黒砂糖のこくのある甘みが染み渡る。

惣介は次々と湧き上がる疑いを、ひととき忘れた。

「それで、ご病人の麻疹の具合はどのようです。重くなっておらねば良いのですが」

惣介の問いに返事をしないまま、桃市は隼人に話しかけた。

「……いや、重くはないようだ。熱と発疹が出ているが、まあ、よくあることだ」

隼人が持ち上げた湯呑みで口元を隠した。

隼人は正直なのは得意だし、入念に準備すれば芝居もできる。が、石頭の哀しさで、その場しのぎの嘘は苦手だ。うろうろと宙に目をさ迷わせる姿を眺めていたら、こちらが騙りのような気分になってきた。

「発疹は多めですか。赤いですか、黒くはないでしょうね」

「う〜ん、赤いのが半分、黒は──」

「いやいや、発疹は赤だ。赤くて少しもりあがっている。実を申せば、〈麻疹討滅丸〉の偽薬を飲んで麻疹になったのは、我が家人でな」

惣介は早口に横から話を引き取った。二十年前のおのれの麻疹しか記憶にない隼人と違って、こっちは今朝も小一郎と鈴菜と伝吉とふみの枕元を見舞ってきたばかりだ。

惣介に任せておいては、どんな麻疹患者が出来上がるか知れたものではない。

「赤ですか。ああ、それはようございました。黒い発疹ができる麻疹は性が悪いですから」

桃市が下がった目をもう一段垂らして笑むのを見たら、これ以上、嘘芝居をつづけるのが嫌になった。

宗伯は『効きませんよ』と断じたが、欧羅巴の新しい薬を知らなかっただけかもしれない。逆に、すべてが騙りだったとしても、今のところこちらには証ひとつない。誰が桃市を操っていようと、効くのならそれでかまわない。効かなかったときが問題で、《麻疹討滅丸》を飲んだ者が麻疹の養生を怠って、死を自ら招き寄せることだけは避けたい。

（効かないとなれば、あっという間に噂が広がるはずだ。滅多なことはあるまい）

当てにならない世間に一縷の望みをかけて心配事を棚に上げ、惣介は《麻疹討滅丸》をひとつ買い求めた。

《麻疹討滅丸》が効くか効かないか、まずはそれを確かめねば言わずもがな、海の物とも山の物とも判然としない薬を、片桐家の双子に飲ませるわけにはいかない。となれば、誰を試しに使うかは、端っから決まってくる。

この件は、一朱銀を二枚、懐から出した惣介と、得体の知れぬ薬を飲む羽目にな

る主水とで痛み分けだ。

そこまで考えたところで、見世のほうが騒がしくなって、彦作が奥に顔を出した。

「桃市、おと……徳松屋さんが御出でだよ。折り入って話があるようなんだが」

つぐんだ口元が、惣介と隼人に、帰れと言っていた。

出るときにすれ違った徳松屋は、五十がらみの恰幅のいい男だった。下ぶくれの頬や眠たそうな目元が、彦作とよく似ている。さっき『おと……』と言いかけたつづきは『おとっつぁん』だったようだ。

「ここは若い者に任せっぱなしにいたしております。何か粗相がござりましたか」

そう言って、惣介と隼人に向かって頭を下げた姿にも、人好きのする笑みにも、大店の主人の風格があった。どうやらこの男が桃市の後ろ盾らしい。

手際の良さも資金が潤沢なのも徳松屋がついていればこそ、と納得はいったが、

《徳松屋》は江戸では聞いたことのない名だ。

（長崎の大店だろうか）

それにしては、言葉つきが江戸風な気もする。

「主水に飲んでもらうつもりのようだが、それでいいのか。彼奴は、上様からの大

事の預かり人だぞ。うちの仁で試してみてはどうだ」

通りに出るとすぐ、隼人が案じる声を出した。

「豆飴にちと糠の臭いがついただけの品だ。主水が飲んでも、せいぜい腹を壊す程度だろう。宗伯も、効かんとは言うたが具合が悪くなるとは言わんだしし。うまくすれば、麻疹にならずに済む。けれどもなあ、幼子の腹下しは命取りになることもある。仁で試みるのは危うかろう。それにな——」

惣介は自身にも言い聞かせる気持で、言葉を継いだ。

「今、おぬしは双子とも信乃とも言わずに、仁と言うたろう。可愛くないからか」

「戯れ言を言うな。可愛いに決まっている。とりわけ仁は、生まれてすぐから俺のせいでひどい目に遭った。それを思えば——」

隼人が、去年の春の大騒動まで思い出して潮垂れかかるから、惣介は急ぎで話をさえぎった。

「可愛いが、試すとすれば仁。つまりおぬしはその石頭で、幼い仁が男として信乃を守って立つべき、と考えたのだろう。その伝で行けば、一番に前に出るべきは、男で大人の主水だろう。何、無理に飲ませはせん。事を分ければきっと進んで飲むと言い出す。主水はそういう奴だ」

胸を撫で下ろしているに違いなかった。

隼人は口を結んでうなずいた。鍛え抜いて引き締まった腹の二番底では、ほっと

（三）

隼人とは真源院の前で別れた。

願のかけ直しをしにいく隼人に「つき合うから、その後、がら空きの蕎麦屋で餡

掛けでもどうだ」と持ち出しかけて止めた。隼人が心底では双子の麻疹がいつ来る

か案じているのも、それゆえ大急ぎで帰りたがっているのも、よくわかっていた。

空きっ腹を抱えて諏訪町に戻ると、病人だらけの屋敷に相応しく、家の中は静ま

り返っていた。

奥の六畳間を覗くと、小一郎が寝床に起き上がって、所在なげに麻疹の養生書を

読んでいた。上半身の発疹は大方ひいて、いっときは赤飯で作った団子のようにな

っていた顔もただの団子に戻っている。

「具合はどうだ」

ひと言かけると、待ってましたとばかりに目が輝いた。

「父上。この養生書はどうかしていますよ。麻疹が軽くて済むと余毒が残るからよくない。重くなったらもちろん命に関わる、ですよ。それじゃ麻疹のちょうどいい病み方って、いったいどんなです。その上、砂糖は禁忌なのに菓子は食べたほうがいい、ですからね」

そのとおりに書いてあるなら、小一郎の言い分が当たっている。読む者をいたずらに脅す以外、何の役にも立たないがらくた物だ。

「治っても後養生として魚も鶏も食べてはならない、玉子料理も控えよ、ですよ。たわけにも程がある」

小一郎が養生書に当たり散らしているわけは、どうやらそれだ。昼餉に魚か鶏か卵を食べたがって、志織に止められたのだ。

なるほど。卵、茄子、糠味噌漬けなどは、以前は気にされていなかった食材だ。それがいつの間にやら禁忌の列に加わっている。この調子で食べられないものが増えていったらどうなる、とは思う。

「麻疹が流行る前から支度をしておかないと大変なことになるって、いつ流行るかわからないものにどうやって備えるんです。それで足りずに、病後も二十日は風呂に入るな、ですからね。江戸市中で二十日も湯浴みをしなかったら、埃と垢の牡丹

餅になってしまうでしょうに」

屁理屈言いの小一郎、面目躍如の図である。屁理屈ばかりでなく、的を射たことも語っている。

「ふむ。それだけ元気が出たなら安心だ。気に入らんなら、小一郎がしっかり学んで、新しい養生書を書けばいい」

まだ何か言いたげなのを襖を閉じててさえぎって、隣の八畳間を開けると、鈴菜が手ぬぐいを頭に載せて寝息を立てていた。枕元に座っていた志織が見返ってそっと微笑んだ。

「昼餉も取らずによう眠っております。熱はありますが、咳も少なくて軽いようでございますよ」

隣に胡坐をかいた惣介にささやいて、志織は手ぬぐいを絞りなおした。

「昨日は恐ろしい思いをしたそうです。大鷹様が間に合うてようございました」

大鷹とのことは、すっかり受け入れた声音だ。

「鈴菜は難しい娘だ。親でも手綱を取るのに手こずる。あの若造とで上手くやっていけると思うか」

銀治郎が打ち明け話をしに来る以前から知っていたのかどうか、志織には訊ねて

いない。訊いて知っていたとわかれば、夫婦喧嘩の種になるばかりだ。

「さあ。どうなりましょうとも、それはそれで。辛い思いをすれば知恵もつきましょうし。向こう意気ばかり強くて浮き世の迷子みたいな子でしたけれど、大鷹様のおかげか、ずいぶんしっかりして参りました」

「ふむ。そうかな」

大鷹は、質の激しい水野和泉守に上手に仕えている。命をかけた難しい判断を瞬時に下すところも、何度か見た。賢い男なのは間違いない。だがどこやら翳りがある。それがどこから発しているものなのかは、惣介にもわからない。鈴菜にもわかっていないのではなかろうか。

「志織は……」

親の決めた縁談に従って俺の元へ嫁いだことを悔いてはいないのか。誰か好いたお方がいはしなかったか。訊いてみたいことが喉元まで上がってきたが、惣介は問いをふたつとも腹の虫の手元へ帰した。今さら訊いても詮ない話だ。

「こうして寝顔を見ておりますと、普段の口達者が嘘のように幼い様子で。まだまだわたくしたちの娘でございますよ。ねえ、お前様」

「おまけに麻疹だ。医者見習いの不養生とはこのことだ」

志織と二人、顔を見合わせて笑うと、寒さに凍っていた身のうちを温かいものが巡り出す気がした。

鈴菜を志織に預けたあとは、古いほうの離れにふみと伝吉の様子を見に行った。

伝吉は咳をしながら、《美濃屋》から来たばあやに水っ洟を拭いてもらっていた。

口の中のぽつぽつが痛いらしくしかめっ面で、それでも大人しく拭かせているからえらい。少し熱が下がったのか、朝よりは元気になったようだ。

ばあやは、コンという名で年が明けると七十二歳だそうだ。自身は宝暦三年（一七五三年）のときに麻疹をやり、そこから二十三年後の安永五年（一七七六年）の麻疹禍のときも、その二十七年後の享和三年の大流行のときも、麻疹の患者を面倒みたのだと、屋敷に来るなり胸を張った。

これは実際、大いに吹聴していい話なのだ。

長い年月をおいて前触れもなく流行る麻疹は、疱瘡のようにしばしば患者が出る病とは違う。医者でも看病人でも、前の流行りをよく覚えていて、難しい症状が出たときにも正しく事に当たれる年寄りがありがたいのである。《美濃屋》もそこをよく知っていて、わざわざコンを貸してくれたに違いない。

伝吉は括り猿を喜んでくれたが、ふみは、殿様でも来たみたいにオロオロと半身を起こし、すまなそうに頭を下げた。

「旦那。もうすぐ正月だってのに、伝吉ばかりかあたしまでご面倒をおかけしちまって、すみませんね。熱が下がったら、伝吉にまた――」

「たわけたことを言うな。無茶をすると命を取られる病だ。コンの言いつけをしっかり守って充分養生せねばいかん。おっかさんには大事を取ってもらわないと、伝吉が難儀する。お師匠様に何かあっては、俺も主水も困る」

「しょうだ、伝吉が『なんに』しゅる。おっかしゃんは、お利口に寝てなしゃい」

伝吉が口を揃えてふみを叱ったから、コンが笑って、ふみも笑った。

皐月の大雨のときにも感じたことだが、ともに暮らす人数が増えるのは悪くない。血がつながっていれば厄介なこだわりも生まれる。だが、離れ小島を浅瀬で接ぐように、他人同士が薄く縁を結べば、逆巻く浮き世の流れも笑いながら越えていける気がする。無論、相手によるが。

病人から元気をもらって台所に取って返し、朝の残りの豆腐ともやし三つ葉の味噌汁に卵を落し、蕪のぬか漬けを刻んで、飯びつの冷飯をあるだけかっ込んだ。いよいよ、主水の腹の虫を黙らせて外にでると、我知らず大きなため息が出た。

説得にかかるときだ。遥か海の向こうからやって来た縁に、こちらの心持をきちんとわかってもらえるだろうか。

新しいほうの離れの戸を開けた途端、卵有平糖をこしらえている途中のような、甘い匂いがもわっと襲いかかってきた。

竈にかけた大鍋の前で、主水が大汗をかいている。

「お師匠様。お帰りでございましたか。ふみさんは熱で気色が悪いから、伝吉は口が痛いからと、二人ともわずかの粥しか食べません。そんなこって、甘くて珍しいものなら食べるだろうと、『干すブゥド』入りの〈ぷでぃんぐ〉を作ってやろうとしたのです。これが、どうも思うようになりゃしません」

自分に腹を立てているのか、聞きわけのない道具に怒っているのか、主水は焦れた顔で、鍋を睨んだ。

〈ぷでぃんぐ〉が何かは知らないが、『干すブゥド』が干した葡萄なのはわかっている。英吉利では〈れえずん〉と呼ぶのだと、主水に習った。

神無月に真島と話すため伊賀町へ赴き、諏訪町へ帰ってみると、主水にやった葡

萄が網に入って初冬の陽射しを浴びていた。　種は食べる間際にほじくり出すそうで、皮もついたままだった。

「こうしてふた月ほど干せば、れえずんができやす」

主水は自慢げだったが、惣介は正直のところ、値の張る葡萄を瑞々しいまま食べずに、とむっつりしたのだ。ところが、ふた月たってしわしわくちゃくちゃの『干すブッド』を味見して驚いた。　酸っぱさとえぐみが消えて、甘さがひと際増していたのだ。

干し魚、干し椎茸——お天道様に干すことで食べ物の味が良くなることを知っているのは、何もこの国の者ばかりではなかったわけだ。

（いかん、いかん。せっかくの干した葡萄を台なしにしたか）

救い出せないものかと走り寄ってみると、台なしになったのは葡萄ではなくて卵と砂糖だった。卵と砂糖を鉢に入れて混ぜ、それを鉢ごと煮立った湯に浸けてどうにかしようとしたらしい。

湯の中で鉢がひっくり返って、吸物の代わりに湯を使って溶き入れ玉子を作ったようになっている。

「麻疹のときには卵は食べてはならない、とご新造様がわからず屋なことを仰せですからね。熱が出れば体が弱る。そんなときこそ滋養のあるものを食べたほうがいいに決まっておるのに。どうも、この国は妙でいけません」

小一郎と同じく、禁忌が気に入らないようだ。

「俺も卵くらいはよさそうに思うが。だがなあ、甘い物も味が濃ければ、口の腫れに染みるぞ」

「そうでございましたか。甘い物も染みますか」

がっかりした声が、伝吉を深く案じる気持を物語っていた。

「それに、まあ、禁忌になったのは、食べて病状が悪くなった者がいるからだ。おそらくたまたま重なっただけのことだが『君子危うきに近寄らず』と言うからな。

伝吉のような幼子は、今は卵には近寄らぬが吉——」

そこまでしゃべって、鍋の外に置いた鉢に割りほぐした卵が残っているのに気づいた。二個分はある。夕餉まで放っておいたら、縁が固まって生臭みが出てしまう。

「……とは言うても、せっかく卵をほぐしたのだ。〈ぷでぃんぐ〉はこの次にして、ふわふわ豆腐を作ったらどうかな。名前のとおりふわふわだから、口が痛くても食べられる。

豆腐は麻疹に良いそうだから、卵の禁忌を打ち消してくれる気がするし

なあ」

ふわふわ豆腐は、すり潰した豆腐に泡立てた卵を合わせ、濃いめのすまし汁に流し入れて作る。玉子ふわふわの卵を半分豆腐に置き換えて倹約した料理だ。濃いめのすましは伝吉の口中を痛めつけるだろうから、鍋をふたつに分けて、薄味と濃い味を作るのがよかろう。

「ははあ。〈豆腐と卵なら、力が湧きそうですな。本式の〈ぷでぃんぐ〉には、〈ばた〉と牛の乳と〈ばねら〉も入り用でござるし」

主水の機嫌が良くなった。惣介が「それなら〈ぷでぃんぐ〉をこしらえよう。どうすればいいのだ」と言い出したら、案外、主水は弱り果てたのかもしれない。隼人はこの国に生まれてこの国の膳を食べているが、味噌汁もまともには作れない。同様に、英吉利に生まれたからといって、主水に英吉利の料理が作れるとは限らない。

「菜はそれで良し。飯は、甘藷の茶粥にしよう。甘藷の元々の甘さなら、口にも染みんだろうし」

茶粥なら、熱のある鈴菜やふみも食べる気になるだろう。容易く支度できるのもいい。加えて〈麻疹討滅丸〉のことも、手を動かしていたほうが切り出しやすい。

米を研ぎ、甘藷の皮むきを主水に任せて、惣介は焙烙で茶の葉を煎りにかかった。

甘藷の茶粥にはほうじ茶を使うのだ。

「皮をむき終えたら、五分（約一・五センチ）ほどの厚さで輪切りにして水にさらしてくれ。それが済んだら、豆腐を擂り鉢でしっかりすり潰してな」

指図しておいて、米を一に熱湯で入れたほうじ茶を二、の割で鍋に入れ、強火で煮立ててから火を弱めた。

吹きこぼれないよう鍋を見守りながら、手はもう一方の竈で出汁を取り、耳は主水が甘藷を刻む音に注意を払い、さらに口は《麻疹討滅丸》のことを主水に語る。もちろん、丸薬の材料についても包み隠さず話した。

千手観音もかくやとばかりの奮闘である。

「──で、もしやすると《麻疹討滅丸》は、この国の民を麻疹から救うやもしれんのだ。欧羅巴で考え出された薬ではあるし、おぬしに試してもらえたら一番良いのではないかと思うてなぁ」

経緯を話し終えても、主水は返事をしなかった。

輪切りを、黙って渡して寄越したきりである。

（心の冷たい頼みだと思われたか……）

笊に空けて水気を切った甘藷の

胸がしくりと痛んだ。

外つ国から来た男のことなぞどうでもいい。怪しい薬を飲んで死んでもかまわない。惣介がそのように考えているととらえたなら、今、主水の胸には、氷混じりの北つむじが吹き荒れているに違いない。

決してそんなつもりはないが、片桐家の双子ほどは案じなかった。それは相手が主水だからではなく、大人の男だからだ。もし、自分が麻疹を済ませていなければ、誰かに頼むこともない。おのれで飲んだ。

「いや、やはりよそう。今の話は忘れてくれ。俺が悪かった」

惣介はさっさと頼みごとを引っ込めて、茶粥の鍋に甘藷を入れた。ふつふつ煮え立たない程度に、火を弱めた。それから出汁をふたつの鍋に分けて、ひとつだけ濃いめのすまし汁に仕上げた。

「よし。あとは泡立てた卵を豆腐と混ぜたら仕舞いだ。豆腐のすり潰しは上手くや れたか」

訊ねながら振り返ると、主水は炉の側で擂り鉢を抱えて首を傾げていた。すりこ木は止まっている。中の豆腐はまだ粒が大きかった。

「おい、まだ擂り方が足りん。もっと滑らかになるまで——」

「つまり、それがしを男と見込んでのお話ですな」

料理からすっかり気持が離れてしまっている。惣介は主水から擂り鉢を取り上げた。

「ふむ、そうだ。隼人は仁で試してみようと言うたが、幼子にはきつい薬やもしれんだろう。で、俺がおぬしに頼んでみると言うたのだが、誤りだった──」

「なぜ誤りですか。お師匠様がそれがしだとして、同じことを頼まれたらどうなさいます。それがし、頼られて尻込みするほど柔ではありません……で、その薬を飲むとどうなります」

口から出ている言葉は剛胆だが、顔つきは明らかに腰が引けている。つくづく申し訳ない気がした。

「効けば麻疹に罹らずに済む。効かなければたぶん、順当に麻疹に罹る」

懐に入れた《麻疹討滅丸》の袋を、出したものかどうか迷いながら、惣介は豆腐を滑らかにすり潰した。擂り鉢に泡立てた卵を入れて、豆腐としっかり合わせた。

あとは、醬油と味醂をひと垂らしずつした出汁と濃いめのすまし汁、ふたつの鍋を煮立たせて、擂り鉢の中身を半分ずつそっと流し込んで蓋をする。蓋がふわりと持ち上がれば出来上がりだ。

「よほど苦いんでござんすか」

　主水の深く窪んだ目が、疑い深く瞬いた。料理はすっかりそっちのけになり、右手が顎に張りついた形で固まっている。

「いや。甘くて柔らかいきな粉の飴だ。材料がほとんど水飴ときな粉だからな」

　見せたほうが早い。惣介は《麻疹討滅丸》の袋を主水に手渡した。

　茶粥が煮上がって、台所には甘藷のほっくりと甘い香りとほうじ茶のほろ苦く香ばしい匂いとが広がっている。

　それを避けるように、主水は薬の袋に高い鼻を突っ込んで、しばらくふんふん嗅いでいた。見慣れない餌をもらった猫のようだ、と見る間に、丸薬を口に放り込み、ふた嚙み、三嚙み。ゴクリと喉が鳴って、丸薬は主水の腹へと消えた。残ったのは、主水の得意気な顔である。

『義を見てせいざるは、勇なきなり』です。あーさー王は負け戦でも怯んだりしませんでしたからね」

「おぬしは、麻王と同じくらい勇ましいと思うぞ」

　麻王が誰かは知らないが、主水はたいそうな喜びようだった。

さて、ふわふわ豆腐である。もったいないの一念でこしらえてしまったが、いざ、麻疹病みの四人に膳をしつらえだしてみると、やはりためらう気持が頭をもたげた。

「どうだろうな。やはりふわふわ豆腐は食べさせんほうが良くはないか。医者が食うなと言うからには、それなりのわけがあるのやもしれんし――」

弱気になった惣介に、主水が灰色の目を剝いた。

「卵は正しい食べ物です。英吉利では皆が毎朝食べます。それがしがこのように立派な体に育ったのも、卵を食したからです。せっかくそれがしとお師匠様で、心を込めて作った料理じゃござんせんか。病人に悪さをするはずがない。お師匠様もあーさー王の如く、勇猛果敢であらねばいけません」

『心を込めて作った』のは俺一人で、おぬしは甘藷をむいて切っただけだろう、と言い返したかったがやめておいた。俺は英吉利人じゃないから麻王にはなれん、とも言いたかったが、こちらも我慢した。

〈麻疹討滅丸〉を飲んでもらった義理は重いのである。

結局、甘藷と飯粒をすっかり潰した茶粥とだし汁だけのふわふわ豆腐を、伝吉はひと椀ずつぺろりと平らげた。鈴菜とふみもすまし汁のふわふわ豆腐と粥を喜んでくれた。小一郎は、熱が出ている間も発疹がひどいときもずっとそうだったように、

よそうほうが草臥れるまで食べに食べた。

それでも惣介は、冷や冷やしながら五人の様子を見守っていた。麻疹の四人のことも、〈麻疹討滅丸〉の試し飲みをした水のことも。

ありがたいことに、誰にも変わった様子はなく、夜は更けていった。

（小一郎の言うとおり、養生書もちらしの禁忌もどうかしている）

真夜中まで眠れないまま、それぞれの様子を見て回っていたら、だんだん腹が立ってきた。麻疹神と禁忌を次々つけ足している竹の子医者の尻を、ひとつずつ蹴飛ばしてやりたかった。

　　　　（四）

文政七年の正月は、江戸中が麻疹に首根っこを押さえつけられた具合で、静かに過ぎていった。師走の噂どおり、この度の麻疹は軽く、死人が出たとの話はなかった。ただ、咳とくしゃみと洟をすする音が、正月の歌舞音曲に入れ替わったばかりだ。

売薬の値段がつり上がって、町奉行所から値下げを命じる触れが二度出た。

鈴菜が寝込んだ翌日から、毎日、日暮れになると大鷹が見舞いに来るようになった。長居はしない。小半刻ほど奥座敷で過ごし、惣介と志織に丁寧に挨拶して、しばし主水としゃべって帰る。それだけだ。

唐辛子をまぶした餅みたいになったのを見ても動じた風はなく、器量ではなしに鈴菜の妙ちきりんな気性に惚れたのだと知れた。が、親元のことも何もわからないまま、なし崩しに許嫁として認めた態で、これはこれで気が揉めるのである。

小一郎は文政六年のうちに麻疹と手を切り、足に茶色くなった発疹を残しただけで、十四歳になった。伝吉は三が日が終わるとすぐ床上げになり、ふみがそれより二日遅れで表に出た。松の内が明ける頃には、鈴菜の発疹もすっかり消えた。途端に湯屋へ行くと言い張って、志織と母娘喧嘩になった。

その鈴菜と入れ替わるようにして、片桐家の双子が信乃、仁の順で熱を出した。他の例に漏れず、今のところ重くなる気配はない。

〈麻疹討滅丸〉が効いているのかどうか、主水は一向に発病しなかった。が、門の内に引っ込んで暮らしているせいかもしれない。薬のおかげかどうかは量りかねた。

惣介の暮れ以来の心配事は権太だった。

主水に〈麻疹討滅丸〉を飲ませた翌日、早番を済ませた足で浮世小路を覗いたが、

権太の屋台はなかった。それから三日に上げず行っているが、会えていない。せめて住み処くらい訊いておけば良かったと悔やんだが、後の祭りだ。

雪之丞も権太の蕎麦屋の常連だったと思いついて、何か知らないか訊ねてみたが、雪之丞にもわからないことがあるとわかっただけだった。

禁忌のせいで蕎麦が売れないから、他の商いで口を糊しているに違いない、強いておのれにそう言い聞かせ、ときどき浮世小路を見に行っているうちに、睦月も半分近く過ぎた。

じつはもうひとつ苦になることがあった。鈴菜が元気になっても、大鷹が来るのを止めないのだ。

十日からは、朝、宗伯のところへ送っていき、帰りも夕七つ（午後三時半頃）には同朋町から連れて戻ってくる。朝はともかく夕刻には主家の役目もあるだろうに、連日のご精勤である。言うまでもなく、並んで歩いたりはしないが、気持は連れ立っているわけで、どうも面白くない。

そんなこんなで「目出度さも中くらいな」小正月、睦月十五日。主水が熱を出した。

三日たって、ただでさえ赤い顔に赤いぽつぽつが広がり、麻疹だとはっきりした。

〈麻疹討滅丸〉が効かないことも明らかになった。

「お師匠様。かように病重篤なれば、料理の修業もまだ道途上にて、無念極まりなきことでござるが、それがしはもう命存えることはできますまい。これまでのご厚情に心底より御礼申し上げつかまつる」

主水は天文屋敷の文書庫でこの国の言葉を身につけたに違いない。御小座敷で初めて顔を合わせたときもそうだったが、この男は気を張り詰めると、やたら鯱張った言い回しを使うようになるのだ。

そりゃまあ、発疹のせいで、人中で下帯が外れたときの赤鬼ほども、総身が真っ赤になっている。四六時中、涙をかんでいるから、鼻の下はすりむけている。けれども、熱はさほど高くないし咳も少なくて、大人の麻疹としては軽い。

「気色は悪いだろうが、そう悲観することもない。あと四、五日もすれば、また元のように元気になる」

同じ科白を朝から十回以上繰り返しているから、てんで気持のこもらない物言いになった。病み上がりのふみに無理をさせたくなくて、非番を主水の泣き言にまみれて過ごしている。親切気もそろそろ売り切れだ。

「そのように鼓舞して下さるお心にすがって、それがし、お師匠様にお願いしたき儀がござる」

「何だ。何でもきいてやるぞ」

その代わりもう浄瑠璃語りみたいに呻るのはよせ、とつづけるのは控えた。〈麻疹討滅丸〉を試してもらった借りは、まだわずかながら返し終えていない。

「今生の暇乞いに、鶏が食したいのでございます」

困った。

鶏の肉はどこでも売っている。鶏尽くしの献立もすぐ考えついた。だが、鶏は禁忌だ。

「主水、気持はわかる。英吉利では牛や豚をもりもり食うているとも聞く。この国の膳は、おぬしにはちと物足りなかったやもしれん。しかしなあ。鶏の肉は麻疹には禁物だと、印施にも記してある。食べて万が一のことがあっては──」

「何卒お願いつかまつる。末沢主水、今生最後のお頼みにござる。このままでは死んでも死に切れませぬ。鶏を食せば心安らかに〈へぶん〉へ参れますゆえ──」

「わかった、わかった。願いは聞き届けた。昼餉は鶏の料理にしてやる。その代わり、今生最後のなんのとつまらぬことを考えるのは止めにして、ゆるゆると寝るが

いい」

さすがに不憫になった。主水は異国で病んで心細いのだ。〈へへぶん〉がどこかは知らないが、麻疹が治ったら高橋様から駕籠を借りて連れて行ってやろうと思う。

伝吉もふみも鈴菜も小一郎も、麻疹の最中に卵を食べたが何ともなかった。鶏は卵の親だ。子を食べて大丈夫なのだから、親を食べても差し支えあるまい。そう無理矢理に理屈をつけて、惣介は買出しに出た。

（もうりょうをこしらえてやろう）

もうりょうは長崎から入ってきた南蛮料理だ。鶏で出汁を取ったすまし汁で、具に大根と牛蒡を使う。

この大根と牛蒡、どちらも宗伯からもらった印施に「麻疹に吉」と書いてある。ふわふわ豆腐で卵を使ったときも、麻疹に良いとされる豆腐を一緒に用いた。同様にしておけば、まず間違いはあるまいとの算段だ。

鶏は丸ごと一羽分を購った。腸を抜き、多めの水で丸茹でにする。この茹で汁を漉して飯を炊き、残りでもうりょうを作る。

大根は短冊切り。牛蒡は笹がき。ともに水にさらし硬めに下茹でする。茹でた鶏を粗くむしり、下茹での済んだ大根、牛蒡と一緒に鶏の茹で汁で煮込む。塩だけで

味を調えるが、鶏から旨味と脂が茹で汁に溶け出していて、円やかな滋味がある。

主水の腫れた口には浸みるだろうと気がかりではあったが、一応、決まりどおり生姜と山葵のすり下ろしを添えた。

飯が炊き上がり、もうりょうの鍋が湯気を立て始めると、主水が夜着に包まって寝間から出て来て、炭を埋けた炉端に座り込んだ。

「お師匠様、鶏の〈すーぷ〉ですな。故国の香りがいたします」

こちらを見た目に、涙が浮かんでいた。あまりに可哀想で、何か喜ばせることを口にしたくなった。幕府がこの外つ国の男を今後どう処遇するつもりか、知っているわけではなかったけれども。

「なあ、主水。さぞ寂しかろうし、帰りたかろう。気も塞ぐだろうが、二年後には阿蘭陀商館長の江戸参府もある。いずれその内には英吉利に戻れるよう、きっと上様が取りはからって下さるゆえ——」

「いや、寂しくなぞありやせんよ。お師匠様のお身内も、ふみさんも伝吉も、高橋様も大鷹殿もいて下さりますから、それがしは独りではございません」

本音なのか強がりなのかはわからなかった。それでも、そう言ってくれる心根が嬉しかった。

「口に浸みるといかんと思うて、塩を薄目にした。味見してみるがいい」

椀に汁を入れて主水に手渡し、惣介は鍋の様子を見るふりで背中を向けた。汁を飲む気配のあとに、主水の満足げなため息が聞こえた。

主水はもうりょうを菜に飯を何度も代えて食い、最後の一膳は汁かけ飯にして、葱をたっぷり盛って食べた。それから寝床にもぐり込んでぐっすり眠り込んだ。だが惣介はやはり禁忌が心掛かりで、昼餉は丼二杯しか食えず、挙句に、夕七つになるまで離れで主水の寝息をうかがっていた。

（おかしなものだ。俺は、主水の麻疹が軽いと知っている。そのくせ、主水の脈を診たこともない医者の配ったちらしに怖じ気づいている）

してはいけないと禁じられると、それさえ止めておけば事なきを得るものと信じて気が楽になる。「なぜ禁じる」と問うことさえ忘れる。

鈴菜は止める志織の腕を振り切って湯屋に出かけた。「空いていて、いいお湯でござんしたよ」と人心地がついた顔で帰ってきて、今日で七日。特段、麻疹がぶり返したようなこともない。

「父上、ちょいとようござんすか」

そんなことを考えたから、と言うわけでもないだろうが、離れの戸口が開いて当
の鈴菜が顔を覗かせた。後ろに大鷹がくっついている。

で、二人が当たり前のように炉端に並んで座ったから、惣介は仕方なく向かいに

胡坐をかいて茶を入れる羽目になった。

「お師匠様が〈麻疹討滅丸〉のことをお気になすってましてね──」

この『お師匠様』は、もちろん惣介ではなく宗伯のことだ。主水の〈麻疹討滅

丸〉試し飲みと発病は、すでに鈴菜を通じて宗伯に伝えてある。

『偽薬で騙りを働く一味を、一網打尽にすべきときです』、と言伝をお預かりして

参りましたよ」

宗伯は浮き世を、父親、馬琴の戯作の如く、奸計や密謀に満ちた恐るべき場所、

と思い込んでいる節がある。

「一網打尽はさておき。今年の麻疹は軽いが、大人に蔓延しているからなあ。〈麻

疹討滅丸〉を飲んであるから麻疹のはずがない、そう決め込んで、無理に働いてい

る者がいるやもしれん」

「麻疹で死ぬことはなくとも、その手の無茶はどこかで体を蝕む。薬を売るのを止めさせない

「わたしも、証を突きつけに行く頃合いだと考えます。薬を売るのを止めさせない

と、命に関わることが起きてからでは遅いですからね」

大鷹の意見は正しい。鈴菜と顔を見合わせてうなずき合わなければ、諸手を挙げて賛同するにやぶさかではない。

「俺も、主水の発病を聞いて桃市がどんな顔をするかみてみたい。だがなあ、主水の前にも〈麻疹討滅丸〉を飲んでいながら、麻疹に罹った者はいただろう。五百文払っているのだから、尻を持ち込んだ客もいたに違いない。桃市がすでに手を打っていることもあり得る、とは思うが」

「越後屋気取りで、現金掛け値なしの商いをしてるくせに、大福帳に客の住まいを控えたってんですから、その気があれば、今頃は手分けして『効かないようでござい ます』と言って廻ってるはず。そこまでやってるとしたら、騙りと決めつけるのは気の毒でござんすけどねえ」

最初に会ったとき桃市が語ったことがすべて本心なら、そのぐらいはやりそうだ。だが、少なくとも、諏訪町の組屋敷にはまだ顔を見せていない。とそこまで考えて思い出した。

「俺は大福帳に何か書いた憶えがない。徳松屋が訪ねて来たどさくさで、桃市もすっかり忘れていたのだろうな。住み処がわからないのだから、訪ねてこないのも当

り前だ」

「あれまあ、父上。　妙てけれんな薬に五百文払ってそれでござんすか。　気前のいい
こと。　呆れがとんぼ返りを打ちやすよ」

　まったくだ。　が、鈴菜への呆れは、とんぼ返りにしくじって腰を痛めて湯治に出
る。

（大鷹といてもこのしゃべり方か）

　こんな娘に浜松藩、江戸留守居役の細君が務まるとは、とても思えない。　納得し
た顔で聞いている大鷹も大鷹だ。

「鈴菜……」

　物言いをどうにかしろ、と説教しかけて馬鹿らしくなった。　ここで叱っては、ま
るで鈴菜を大鷹に嫁がせたがっているみたいではないか。

「まあ、あれだ。　鈴菜の言うとおりに桃市と彦作がそうやって後始末を始めている
なら、俺の肩の荷も下りるし、宗伯も喜ぶだろう。　まずは確かめに行くことだな」

　惣介の言葉が終わるやいなや、鈴菜が勇んで立ち上がった。　が、惣介はそれを手
で制した。

「鈴菜は病み上がりだ。　俺と大鷹で行ってこよう。　道すがら話したいこともあるの

でな。鈴菜はふみと一緒に、主水の様子を見てやってくれ。よく眠っているが、禁忌の鶏を食べさせたあとだ。用心に越したことはない」

ふくれっ面の鈴菜を離れに残し、惣介は大鷹と一緒に外へ出た。暮れ六つ（午後五時半頃）までには、まだ半刻以上あるが、春浅い風は身に沁みて冷たかった。

（五）

暮れにはがらんとしていた町も、麻疹が軽いとはっきりしたせいか、幾分かにぎやかになっていた。めずらしく雪の少ない上天気つづきの睦月だ。しんねりむっつりした顔で家に籠もっているのもつまらない。

「まずはお詫びを申し上げねばなりません」

歩き出してすぐ、大鷹が頭を下げた。

「鮎川殿には、もっと早くにご挨拶を——」

「いや、どうせ鈴菜が止めたのだろう。詫びんでもいい。俺は気にしておらん」

本当は気に障っている。べったりと障っている。あと百回ほど詫びてもらいたい。

しかし、ここでそれを言ってはみっともない。団子顔と少ない禄で身過ぎ世過ぎし

ていても、こっちにだって見栄も体裁もあるのだ。

「心掛かりは、鈴菜の気性だ。あれは母親に似て口が達者だ。言い出したら滅多なことでは引き下がらん。扱いに苦心すると思うが、平気なのか」

志織と鈴菜に聞こえたら怒髪天をつくだろうが、この場にいないのだから物怪の幸いである。大鷹は困ったように笑ったきり、黙したまま首を傾げた。当然のことで、「まことに鈴菜さんはじゃじゃ馬で——」なぞと口に出したら、無礼極まりない。雪之丞じゃあるまいし。

「大鷹家のご両親にも——」

つづけてしゃべり出したところで、大鷹の笑みがふいと寂しげになった。

「わたしが大鷹の家の跡目です。父も母も早うに亡くなりました。遠江に姉と弟がおりますが、二人とも他家に入っておりますので」

二年来の顔見知りだが、こんなことさえ知らぬままだった。

板橋街道を渡ると、大鷹はごく自然に麟祥院の角を左に折れた。下谷を突っ切るのだから、そのまま真っ直ぐ進んで根生院の門前を通り、おのれの手柄を誇示することもできた。それを避けたのは、鈴菜が危うい目に遭った場所を惣介に見せまいとする心配りだ。

（この男がいなければ、死んでいたやもしれん娘ではないか）

託してどこが悪かろう——ついそんなことを考えて、惣介は大いに狼狽えた。

諏訪町から一里以上。惣介の足で歩くのだが、真源院にたどり着く頃には暮れ六つ（午後五時半頃）が近くなっていた。体がほこほこと温まった代わりに、髷から足袋まで土埃まみれだ。

これだけ難儀したのに、見世の前まで来ると《麻疹討滅丸》の幟は消えていた。

それどころか、表の雨戸が閉まっている。

「お武家様方も、騙されなすったんでございますか」

暮れに見た乾物屋の亭主が、哀れむ顔で見世先から挨拶を寄越した。

「おんなしようなお人が、ちょいちょい訪ねちゃ来るんですがね。叩いても返事はなしてんで、諦めてお帰んになる。たまぁに中で音がしやなし、居るときゃ居るんでしょうけどねぇ」

亭主は豆を買えとは言わなかった。客に銭を返して廻っているのかもしれないが、それをするほどの気持ちがあるなら、わざわざ足を運んだ客のためにも、見世を開けて番を置くだろうと思う。せめて雨

戸に貼り紙の一枚ぐらいはしそうなものだ。

大鷹が雨戸に耳をつけてしばらく気配を探ってから、首を横に振った。

「背戸は開いているやもしれません」

言い様、大鷹が路地の裏へ歩き出すのをそのままにつけてみた。薬の臭いはしない。炭も熾してはいない。

売れなくなった《麻疹討滅丸》を、まだ作っているとは思えない。が、仄かに水飴が匂った。座敷のどこかにこぼれた水飴が匂いを出しているだけか――そう放り出しかけて、惣介は胸のうちで頭を振った。

人の体についた匂いは、ときが経つとその者の体臭や汗に入り混ざって、初めとは異なる匂いを発するようになる。香でも白粉でも鬢つけ油でもそして水飴でも同じだ。

雨戸のすきから漏れてくる水飴の匂いは、普段嗅ぎ慣れたそれとは、ほんの少し違う。最初にこの見世に来たとき桃市の体からただよってきた甘い匂いと似ている。

「中に桃市がいるやもしれん」

小走りに追いつき、勝手口の手前で大鷹の背中にささやいた。

裏路地に面した戸障子には、雨戸がなかった。大鷹はしばらく無言でたたずんで

いたが、引き戸にそっと手をかけ、動かないのを確かめてから、ひょいと敷居から戸を外した。

中で戸惑い顔の桃市が立ち上がっていた。心張り棒を支って安心していたらしい。

「効かないとわかったときは、そりゃあがっかりいたしましてね」

隼人と来たときと同じく大小を左に下ろして桃市と向き合ったが、座敷はすっかり様変わりしていた。

百味簞笥も薬作りの道具も置いてない。長火鉢さえ消えて薄ら寒い。大鷹は桃市と向かい合う形で雨戸の閉まった見世側に座ったから良いが、惣介は引き戸を外した台所側だから、寒風に吹かれ放題だ。火鉢がないから紫蘇茶も期待できそうにない。

そうして、桃市は肩を落としてぼそぼそとしゃべっている。

「それでも、効き目がないと知れたからには、放っておくこともできません。彦作と二人して大福帳を手に、たくさんお買い求めいただいたお客様から順に、銭を返して廻りました。材料の払いやこの見世の店賃もございますから、百味簞笥を売り長火鉢を売り、さてどうやって長崎に帰ったらよいやら、思案に暮れております」

切々と語るのを聞いているうちに、よくよく気の毒になってきた。

雨戸を閉めているのは、小口の客には諦めてもらいたい気持の現れ、とも読める。

「がっかりするのも無理はないが、騙すつもりでやったことでなし。銭さえ戻れば、旅支度の足しにするがいい」

皆も無体なことは言うまい。俺の一朱銀二枚は返さずとも良いから、旅支度の足しにするがいい」

隣で大鷹がわずかに身じろいだ。将来の舅の気前の良さに、感じ入ったのかもしれない。

「ああ、そのように仰っていただけるとは。世間様のありがたさが、冷えた夜の湯みたいに、しみじみと心に沁みます」

桃市が涙声になった。

「……じつは、最前まで鰻屋のご隠居さんがいらしてましてね。お孫さんは質の悪い風邪で麻疹じゃあなかったんでございます。あんましお気の毒なんで、残った銭をかき集めるようにしてお返しいたしましたようなことで」

列の後ろで彦作と揉めていた、あの隠居のことだ。枯れ枝のような姿でとぼとぼと帰っていったが――と、そこまで思い出して、天地がひっくり返った。

嘘だ。

「桃市。この大嘘つきめが」

「いきなり、どうなさったんでございます」

桃市が垂れた目を瞬いた。大鷹が左手に太刀を引っつかんで立ち上がった。惣介も倣った。

「あの隠居がついさっきまでここにいたなら、鰻のたれの匂いが残っているはずだ。だが、どこにもそんな匂いはない。隠居は来ちゃいない。となると、銭を返したというのも偽りだ。若造、猿芝居が過ぎたな」

「そんな。鰻屋のご隠居さんがいたからって、帰ったあとまで匂いが残るわきゃあない。無茶苦茶な話だ」

桃市は惣介の鼻の鋭さを与り知らない。まだ誤魔化せると踏んでいるのだろう。

「それだけではない。大福帳など元からなかった。あったなら、そうしてお前が演じているとおりの正直者なら、鮎川殿から一朱銀を受け取る前に、大福帳を差し出したはずだ」

大鷹が断じた。さっき身じろぎしたときから、桃市の空言に気づいていたのだ。

「へっ。だから何だってんです」

出し抜けに、桃市の顔から善人の面が取れた。麻疹を防ぐ手立てを熱心に語っていた若者は消えた。

「《麻疹討滅丸》」と嘘八百が並んだ麻疹養生書と竹の子医者、さて、どこが違うんでござんしょうね」

しゃべりながら桃市はゆっくり立ち上がった。右手が懐に入った。次に出てきたときにはよく研いだ匕首を握っていた。合わせたように、開けっ放しの戸口に彦作が姿を見せた。

「桃市、ずらかる支度は済んだ。さむれぇなんぞかまってねぇで、さっさとおん出ようぜ」

彦作は火消しが使う鳶口を握りしめている。刃先が、沈む冬陽を受けて光った。惣介の鼻の力を知らなかったのと同様、桃市も彦作も、大鷹の強さを知らない。

「なあ、お侍さんよぉ。世間てぇのは──」

大鷹と惣介に油断なく目を配りながら、桃市はニヤリと笑った、それから戸口に向かってジリジリと進み出した。

「ちょいと困ったことが起きると、どいつもこいつも堪え性なしに右往左往しやがって、気が楽になる嘘を聞きたがる。首の上に頭を載せちゃいるが、中身は空っぽ

で、誰かが嘘を流し込んでくれんのを待ってやがんだ。嘘のつき賃、五百文。高かねぇと思うぜ」

桃市の長広舌が済むのを待っていたように、大鷹が惣介に背中を向けて一歩前に出た。間に立ちふさがった形で、惣介を桃市の匕首からかばったのだ。が、まだ、剣は鞘ごとつかんだままだった。天井の低い表店では太刀は使えない。そのくらいは惣介にもわかっている。

桃市は止まらなかった。二人の前を通り過ぎ、背中から戸口を出かかる。

その足が敷居をまたいだ瞬間、大鷹が刀の柄を思い切り前に突き出した。とても届く距離ではない。が、桃市は仰天した顔でよろめき地べたに尻餅をついた。地面を這って逃げにかかる桃市。それを追いたてる形で、大鷹が外に出る。惣介も後ろにつづいた。裏路地は冷え切ってシンと静かだった。

寒さは人を追い払う。

（これで大鷹は剣が自在に使える。片はついた）

惣介が胸をなで下ろす目の前で、立ち上がりかけた桃市を大鷹が蹴り飛ばした。

刀の柄に右手を掛け、それからふっとためらう目になった。

その隙を読んだわけではなかろう。が、次の刹那、彦作が鳶口を振り上げて大鷹

の背後を襲った。大鷹はとっさに身を躱したものの、右の袂が切れ血飛沫が飛んだ。

「観念しろ」

惣介は無我夢中で刀を抜き、声を上げた。とても自分のものとは思えぬ奇声になった。重い刀を正眼から上段に構えなおして、じりっと前に出た。切っ先の向こうで、彦作が闇雲に鳶口を振り回している。

大鷹の背中ごしに、起き直った桃市が両手で匕首を握るのが見えた。

「やい、さむれぇ。そんなへっぴり腰でヤットウができんのか」

桃市が叫んで突っ込んでくる。その声に打たれたかのように、大鷹が抜刀した。間髪を容れず、匕首をたたき落とし、肩に袈裟懸けを振り下ろす。刀が届く寸前、峰が返って骨を叩く鈍い音が響いた。

「ちきしょう」

わめきながら向かってきた彦作の鳶口を、惣介は後ずさりしながらどうにかしのいだ。つぶりかけた目の前に、彦作がどさりと倒れた。大鷹が峰で背中を打ったのだった。

惣介は、悪態をついてのたうち回る桃市と彦作を、いつも持ち歩いている欅で数

珠つなぎに縛り、乾物屋の亭主を自身番へ走らせた。《徳松屋》の関わりも含め、あとは町方の役目だ。

「やれやれ、良かった。ほんのかすり傷だ」

惣介は安堵の思いで懐から出した手ぬぐいを裂き、大鷹の傷に巻いた。

「とは言え、膿んでは厄介だ。金瘡医に見せたほうがいい」

「はい。藩邸に戻りましたらすぐ」

声にいつもの張りがないのは、へっぽこ町人を相手に不覚を取った自分が情けないからだろう。

「なあ、大鷹。俺は剣のことはからきしだが、それでもおぬしの迷いには気づいた。手練の敵に当たれば、命取りにもなる迷いだ」

「鮎川殿まで危うい目に遭わせてしまって。面目次第もございません」

大鷹は惣介から視線をそらし、茜の空を見上げた。これまで弱さの片端さえ覗かせたことのない男の、行き悩む姿だった。

「迷いは鈴菜のせいか。鈴菜がおぬしに剣を抜かせないのか」

そうとも、違うとも、大鷹は言わなかった。それこそが答えだと思えた。

大事の右手である。滅多なことがあっては、水野和泉守にも申し訳が立たない。

「鈴菜は俺が叱る。きっと叱るが、情けないことに、あの娘が素直に親の言うことを聞くかどうかは、請け合いかねる」

「いえ。鈴菜さんは叱られるようなことは何もしていませんよ。迷い、おのれを疑っているのは、わたしです。わたしが……」

今度は地面に目をやって、そのつぶやきは独り言のように中途で消えた。

双子が生まれる以前、隼人にも、剣客としてのおのれに嫌悪を抱いた時期があった。

引き比べて大鷹は、剣術を芯から好んでいるやに見えていた。だが、迷いは胸の奥にひっそりと隠れていて、それが、鈴菜に惚れる、というかっこうで表に出たのか、とも思う。

「なあ、大鷹。おぬしが嫌でなければ、ちと、隼人に──」

「ああ、そうだ。それがいい」

ふいに大鷹が声を上げた。明るい声音だった。あまりに明るいので、これまで大鷹がどれほど沈んでいたかが、あらわになった。

「もっと早く思いつけばよかったものを」

大鷹の浅黒い引き締まった顔が、惣介に向かって幼子のように笑み崩れた。

「鮎川殿。お言葉、温かく胸に沁み入りました」

『冷えた夜の湯みたいに、しみじみと心に沁みます』さっき桃市の口からこぼれた

涙声のひと言と、並んだ言葉は似ている。だが、そこに籠もった気持は正反対だ。

「これから四谷に行って、片桐殿のご新造様にお考えをうかがって参ります。良い

お知恵が拝借できるに違いない」

相談の相手に選ばれたのは、惣介が勧めようとした隼人ではなく八重だった。そ

して、大鷹が正しい……たぶん。だが、惣介には、どうしても告げておかねばなら

ない、大事の話がまだひとつ残っていた。

「大鷹、おぬしがこのまま四谷に行くのは勝手だが、俺は浅草で飯を食ってから舟

で帰る。今日の分の足は、もうとっくに見世仕舞いだ」

名残の冬茜が、赤紫にたなびく雲を置き土産に、早々と終わりかけていた。

　　　　　　（六）

　八重が大鷹にどんな知恵を授けたかは知らない。

　が、二日後の昼間、惣介には吉事があった。早番を終えて、諦め半分、室町浮世

小路へ行ってみると、権太の屋台があったのだ。

嬉しかった。行き方知れずになっていた身内と再会した、といったような感極まる心地ではない。強いて言えば、家出した猫がずいぶん経ってひょっくり戻って来た、そんな嬉しさだ。胸中のややこしさはずっと軽い。そして、もしかするとこちらのほうが、よほど心安らかかもしれない。

権太は少し痩せて、屋台からは汁粉の匂いがしていた。小豆の皮を丁寧に取り去って餡を作ったらしく、豆の香りにとげがない。

「案じていたぞ。麻疹にでもなったか」

床几に腰を下ろしてひと椀頼むと、権太は七輪で餅をふたつ焼き始めた。

「お心にかけて下すって、ありがとうございやす。いえね、蕎麦は麻疹には毒だってんで、いっくら屋台でも、毒になる物を客に出してたんじゃお天道様に顔向けできねえ、と思いやして。しばらく見世を畳んで、豊島の徳丸村で百姓やってる兄貴んちに居候を決め込んだんでさ。そしたら」

権太が網の上で餅をひっくり返したから、ほのかな焦げの匂いと餅の薄甘い香りが、ふうわりと鼻に届いた。

「毎日、大根抜きをやらされて、いやもううまいりやした。そうこうしてるうちに、

江戸じゃ小豆が高値だって聞きゃしてね。せっかく麻疹にいいってものを、値が張って食べられないんじゃいけねぇ。で、近所で小豆を安く分けてもらって、江戸に舞い戻って来たって寸法で」

権太が笑顔と一緒に差し出してくれた汁粉は、ひと椀十六文。小豆が値上がりする前と同じ値段だった。

＊

「剣の腕が立つことを、わたしは誇らしいと思っています。人を斬るのを楽しんでいるつもりはない。しかし──」

片桐家の双子の話をして笑っていた大鷹が、突然、真顔になってそう切り出したから、鈴菜は居心地悪く目を伏せた。

それは一番したくない話だった。

（あたしがお医者になって、ひとり命を助けたって、源吾さんがひとり斬り捨てたら、なんにもなりゃしない）

口に出したことはなかったけれど、いつもそんな思いが胸に渦巻いていた。

（それに……このお人はときどき、そりゃあ活き活きとして刀を抜く。命のやり取りが面白くてしょうがないみたいに）

これも声にしたことはない。言えば箱の中に閉じ込めた小鬼が飛び出してくる。

そう思うから、じっと胸の中に仕舞っている。

（どうやって話を逸らそうか。剣術のことに触れれば、きっと嫌なことになる）

鈴菜の困惑に気づいているのは間違いない。それでも、大鷹は話を変えようとはしなかった。

「ときにはお役目でやむを得ないこともある。鮎川殿が料理を作るのと同じように、わたしもおのれの持てる力を尽くして──」

「違う。違います」

我知らず大きな声が出ていた。

「父上の料理は人を喜ばせる。だけど剣は……」

はっと我に返って口を押さえた。が、すでに遅かった。大鷹が形のいい唇をぎゅっと結んで、鈴菜を見つめていた。頰から血の気が引いていた。

「そうですね。確かにお父上とは違う。取り消します」

座敷は静まり返った。火鉢の埋み火の上で、鉄瓶だけがしゅんしゅんと音を立て

ている。

鈴菜が麻疹のあいだじゅう、麻疹が治ってからも、二人でにぎやかにしゃべって過ごした奥の六畳間。それがやけに広く感じられた。六畳間だけじゃない。台所も表の間も、いやにひっそりとしている。まるで、息をひそめて何かがお仕舞いになるのを待っているみたいに。

やがて大鷹が、すっと立ち上がった。頰には赤味が戻り、口元には笑みがあった。

「鈴菜さんはすっかり元気になられた。もう見舞いは要りませんね」

優しい、けれどきっぱりした声だった。

鈴菜は固まったように座ったまま、ただその姿を見上げていた。唇が乾いた。喉が鳴った。言うべき言葉は見つけられなかった。

閉ててあった襖が開き、そして閉まった。暇の言葉もなかった。綿雲が傾きかけた陽をさえぎったのか、障子の向こうが翳った。ひどいことを言った、と思う。けれど正直な気持だ。思っているのに、言わないまま愛想笑いでうなずいているほうが、もっとひどい。

（どうしよう。それでも、あたしは、あのお方がこんなにも好きで……）

長い間かかった気もする。ほんのわずかな隙だったかもしれない。鈴菜は畳を蹴

って立ち上がった。

三和土にあった下駄を突っ掛け、外に飛び出すと、門のところに父がいた。大鷹のすんなりとした後ろ姿が、夕霞の向こうへ遠ざかっていく。

「鈴菜」

門から走り出ようとした背中を、父が呼び止めた。

「彼奴を、お前の思いどおりに作り替えようとするな。ともに迷い、ともに業を引き受ける覚悟がないなら、追うのはよせ」

一瞬、足が止まりかけた。それでも気持は前に出ていた。

「覚悟なぞようわかりません。わからないけれど、あたしは源吾さんとともにいたい」

叫ぶのと一緒に、鈴菜は真っ直ぐに駆け出していた。下駄の音に、大鷹がゆっくりと振り返った。

参考文献一覧

『江戸の料理と食生活』　原田信男　小学館

『江戸料理事典』　松下幸子　柏書房

『料理いろは庖丁』　福田浩　松下幸子　柴田書店

『江戸のおかず帖　美味百二十選』　島崎とみ子　女子栄養大学出版部

『完本　大江戸料理帖』　福田浩　松藤庄平　新潮社

『江戸幕府役職集成』　笹間良彦　雄山閣出版

『江戸見世屋図聚』　三谷一馬　中央公論新社

『大江戸復元図鑑』〈庶民編〉〈武士編〉　笹間良彦　遊子館

『江戸城と将軍の暮らし』　平井聖　学習研究社

『大名と旗本の暮らし』　平井聖　学習研究社

『江戸あきない図譜』　高橋幹夫　筑摩書房

『江戸衣装図鑑』　菊地ひと美　東京堂出版

『江戸語の辞典』　前田勇　講談社

『文政江戸町細見』　犬塚稔　雄山閣出版

『十九世紀イギリスの日常生活』　クリスティン・ヒューズ（植松靖夫訳）　松柏社

『ロンドン路地裏の生活誌　上』　ヘンリー・メイヒュー（植松靖夫訳）　原書房

『甲子夜話　3』　松浦静山　平凡社

『武江年表　2』　斎藤月岑　平凡社

『江戸の旧跡　江戸の災害』　三田村鳶魚　中央公論社

『江戸の自然災害』　野中和夫　同成社

『幸田文　季節の手帖』　幸田文　平凡社

『高橋景保の研究』　上原久　講談社

『伊能忠敬研究　第48号』　荻原哲夫　伊能忠敬研究会

『おばあちゃんの梅干し・梅料理』　藤巻あつこ　家の光協会

『老いるということ』　黒井千次　講談社

『老いの整理学』　外山滋比古　扶桑社

『江戸城大奥』　卜部典子　ぶんか社

『面白いほどわかる大奥のすべて』　山本博文　中経出版

『双子育児の乗りこえ方』　奥井亜輝　ごきげんビジネス出版

『自己愛な人たち』　春日武彦　講談社

参考文献一覧

『満たされない自己愛』　　　　　　　　　　大渕憲一　　　　　　筑摩書房

『東洋医学で食養生』　　　　　　　　　　　高橋楊子・上馬場和夫　世界文化社

『滝沢馬琴』　　　　　　　　　　　　　　　麻生磯次　　　　　　　吉川弘文館

『江戸時代の医師修業』　　　　　　　　　　梅原亮　　　　　　　　吉川弘文館

『江戸の流行り病』　　　　　　　　　　　　鈴木則子　　　　　　　吉川弘文館

『承認をめぐる病』　　　　　　　　　　　　斎藤環　　　　　　　　日本評論社

『科学と神秘のあいだ』　　　　　　　　　　菊池誠　　　　　　　　筑摩書房

@伊能忠敬研究会ホームページ

@滋賀のおいしいコレクションホームページ

@生活クラブホームページ

@相模原市ホームページ

@NHK ONLINE @首都圏　ホームページ

編集協力／小説工房シェルパ（細井謙一）

解 説

細谷 正充（文芸評論家）

※編集注／物語の結末に触れている箇所があります。

祭りだ、祭りだ！ 小早川涼祭りだ‼ ――と、作者のファンなら、いいたくなるのではなかろうか。なにしろ、ここ数ヶ月、小早川作品が連続出版されているのだ。その口火を切ったのが、今年（二〇一五年）の五月に角川文庫から書き下ろしで刊行された『料理番に夏疾風 新・包丁人侍事件帖』だ。続く六月から十月にかけては、『包丁人侍事件帖』シリーズが刊行されている。

すでに周知の事実であろうが、作者の経歴と『包丁人侍事件帖』シリーズについて触れておきたい。三重県の伊勢市に生まれた小早川涼は、愛知教育大学教育学部教職科心理学教室を卒業後、小学校教諭や中学校講師として働く。趣味は読書で、古典文学から国内外のミステリーまで、幅広く耽溺したという。もちろん時代小説も好きで、中学時代に永井路子の『北条政子』を読んだのを切っかけに、大いに嵌ったそうだ。

作家になる夢も早くから抱いていて、隠れた遊びのように小説を執筆

していた。しかし、結婚してふたりの子供が生まれてからは、生活に振り回され、作家の夢はあきらめかけていたという。

そんな作者だったが、四十を過ぎたころから、平凡な日常の中で培われた感情が創作に繋がるのではないかと考えるようになり、試行錯誤の末に『包丁人侍事件帖 将軍の料理番』を書き上げる。これが二〇〇九年七月、学研M文庫より刊行され、念願の作家デビューを果たしたのである。以後、デビュー作をシリーズ化したり、『芝の天吉捕物帖』（ハルキ文庫）や「大江戸いきもの草紙」シリーズ（双葉文庫）を上梓したりと、順調に作品が発表された。ところが今年の二月、学研ホールディングスが、出版事業の再編を発表し、学研M文庫の廃止が決定した。時代小説ファンにとっては、青天の霹靂であった。学研M文庫で出ていた、数々の時代小説シリーズはどうなるのかと、心配したものである。

だが作者にとって、禍福はあざなえる縄のごとしであった。すぐさま角川文庫へのシリーズの移籍が決まり、先に触れた『料理番に夏疾風 新・包丁人侍事件帖』が刊行されたのである。それだけではなく学研M文庫の「包丁人侍事件帖」シリーズも、順次、角川文庫から刊行されているのである。さらに、徳間文庫から新シリーズ第一弾となる『冷飯食い 小熊十兵衛 開運指南』も刊行されているのだ。

そして今月十一月は、「新・包丁人侍事件帖②」シリーズ待望の第二弾『料理番 忘れ草 新・包丁人侍事件帖②』――すなわち本書が刊行されたのである。それに合わせて、シリーズのフェアも開催されるという。五月から始まった小早川涼祭りは、まさに賑わいのピークを迎えるといっていい。おっと、いうまでもなく祭りが盛り上がるのは、作品が面白いからだ。今回も充実の内容を、堪能できるのである。

本書には「半夏水」「大奥 願掛けの松」「鈴菜恋病」の三作が収録されている。

冒頭の「半夏水」は、江戸城御広敷御膳所台所人の鮎川惣介が、土砂降りの中、城から家に帰るシーンから始まる。暴れ梅雨による水害に備え、炊き出しの準備をする惣介。だがその翌日、徳川十一代将軍家斉から預かった、英吉利人の末沢主水が姿を晦ませた。かつて世話になっていた、書物奉行兼天文方筆頭の高橋景保を心配して、高橋家に行ったのではないかと騒動を怖れる惣介は、途中で会った、大鷹源吾と共に、高橋家に向かう。ちなみに源吾は、寺社奉行・水野和泉守（忠邦）の若き懐刀であり、どうやら惣介の娘・鈴菜の恋の相手らしい。

たどり着いた高橋家に主水はいなかったが、当主の景保に会った惣介は、その口から、シーボルトが来日することを知らされた。この場だけの話であるが、おそらくシリーズの先々の布石であろう。さらにシリーズのレギュラーである、大奥添番

の片桐隼人と、徳川家慶の正室の料理番をしている桜井雪之丞が高橋家に集まると、雪之丞から、新たな可能性が示唆される。古着屋の隠居老婆が、からくり箱と共に侍に連れ去られ、そこに行き合った主水が巻き込まれたのではないかというのだ。

かくして三人は主水の無事を祈りながら、事件を追いかけていく。

たまに将軍家斉から個人的に料理を頼まれるが、家族を大切にして平凡に生きる惣介。だがなぜか、次々と騒動に巻き込まれる。剣の腕はからっきしだが、嗅覚の鋭さを生かして、事件の真相に肉薄していく惣介の活躍が愉快である。

さらに、料理の扱いがいい。将軍の料理番が主人公ということで、本書にはさまざまな料理が出てくる。黒人飯やふわふわ豆腐など、どれも美味しそう。しかも惣介の料理が、彼のキャラクターまで表現してくれる。一例を挙げれば、水害の炊き出しのために作った握り飯だ。沢庵を混ぜ込んだ握り飯は、冷めても美味しく食べられるようになっている。また、赤紫蘇を使った握り飯は、腹具合を整える働きがある。どちらも水害の被害者のことを考えた、心配りの握り飯なのである。日常の些細な出来事に一喜一憂しながら、常に相手のことを忘れない。平凡人の、いぶし銀の魅力が、こんなところからも伝わってくるのである。

続く第二話「大奥 願掛けの松」は、鈴菜が本道医になるといって曲亭馬琴の息

子の滝沢宗伯に弟子入りしたことに複雑な思いを抱く惣介に、片桐隼人が、御広敷伊賀衆の困り事を相談する。組頭の紅塚右馬之助が病で隠居し、息子の主馬が新たな組頭になったものの、態度が悪く、配下の者たちに憎まれているというのだ。悪口をいって発散しているくらいならいいが、大奥七不思議のひとつである"願掛けの松"に、『シュメ シスベシ』という願掛けが彫られていたというのだから尋常ではない。はたして誰が願掛けをしたのか。しぶしぶ調べ始めた惣介は、意外な事実を摑むことになる。

願掛けをした人物の正体から、騒動の落着まで、作者はテンポよくストーリーを進行させる。そこから浮かび上がるのは、人の負の感情は、いかにして生まれるのか。生まれてしまった負の感情と、いかに折り合いをつけるのかというテーマだ。このテーマは、「半夏生」の事件の犯人にも当てはまる。本書で最も注目すべきポイントといえるのだ。

ついでに付け加えると、作中で触れられている西の丸の刃傷事件は、前巻の「西の丸炎風」で描かれている。過去の事件や人物が、微妙に現在に影響を与えるのも、本シリーズの特色となっている。

そして第三話「鈴菜恋病」は、久しぶりの麻疹に騒然とする江戸で起きた騒動が

綴られている。麻疹が蔓延した鮎川家。おまけに、宗伯からからくり箱を預かった鈴菜が、帰路で襲われたところを源吾に助けられ、惣介の心配の種は尽きない。どうやら賊の狙いは、からくり箱の中にあった、麻疹討滅丸という薬らしい。これを飲めば麻疹にかからないという麻疹討滅丸だが、宗伯は偽薬ではないかと疑っており、惣介と隼人に真偽の調査を依頼する。だが、薬を売っている桃市という男は、本気で薬効を信じているようだ。どうしたものかと悩みながら、惣介は一件に立ち向かっていく。

普通に考えれば、麻疹にかからなくなるなんていう万能薬があるわけがない。でも、子供や孫を心配する人々は、麻疹討滅丸に群がる。すこし角度を変えてあるが、これも人の負の感情は、いかにして生まれるかを描いたものであろう。「大奥　願掛けの松」で、普段は偏屈パワー全開の準レギュラーの曲亭馬琴が、病気で弱々しい姿を見せているのも、これを補強している。

しかもこの問題は、江戸時代だけのものではない。現代でも癌治療をはじめ、さまざまな病気で、怪しげな薬や民間療法に頼る人は後を絶たない。作者は麻疹討滅丸の騒動を通じて、いつの時代も変わらぬ人の心の弱さを剔抉し、その心を食い物にする者の醜さを暴くのである。

その一方で、鈴菜の恋が進展しているのも見逃せない。前巻の第三話「鈴菜恋風」から、鈴菜と源吾の仲は、より深まったようだ。源吾に助けられた後、麻疹にかかった鈴菜。その鈴菜を毎日見舞う源吾。誰が見ても相思相愛だ。源吾も惣介にはっきりした態度を示し、ふたりの恋は順風満帆と思われた。だが作者は、最後の最後に波瀾を招く。それが何かは、読んでのお楽しみ。ただ、これだけはいっておこう。単純な憧れから始まった鈴菜の恋は、ここで相手の実像を知って、なお諦めることのできない愛へと変わった。恋から愛へと昇華する瞬間を、見事に描き切った作者の手腕に拍手。そしてシリーズ第三弾が、早くも待ち遠しくてならないのである。

ああ、これはやっぱり祭りだ。新作を待つ間のワクワク感と、読んでいる間のドキドキ感。小早川作品があれば、いつだって心が弾む。作者が素晴らしい作品を書き続けてくれるかぎり、祭りが終わることはないのだ。

本書は角川文庫の書き下ろしです。

料理番 忘れ草
新・包丁人侍事件帖②

小早川 涼

平成27年11月25日　初版発行
平成28年 4月15日　再版発行

発行者●郡司聡

発行●株式会社KADOKAWA
〒102-8177　東京都千代田区富士見2-13-3
電話 03-3238-8521（カスタマーサポート）
http://www.kadokawa.co.jp/

角川文庫 19465

印刷所●旭印刷株式会社　製本所●株式会社ビルディング・ブックセンター

表紙画●和田三造

◎本書の無断複製（コピー、スキャン、デジタル化等）並びに無断複製物の譲渡及び配信は、著作権法上での例外を除き禁じられています。また、本書を代行業者などの第三者に依頼して複製する行為は、たとえ個人や家庭内での利用であっても一切認められておりません。
◎定価はカバーに明記してあります。
◎落丁・乱丁本は、送料小社負担にて、お取り替えいたします。KADOKAWA読者係までご連絡ください。（古書店で購入したものについては、お取り替えできません）
電話 049-259-1100（9:00～17:00/土日、祝日、年末年始を除く）
〒354-0041　埼玉県入間郡三芳町藤久保550-1

©Ryo Kobayakawa 2015　Printed in Japan
ISBN978-4-04-103487-3　C0193

角川文庫発刊に際して

角 川 源 義

　第二次世界大戦の敗北は、軍事力の敗北であった以上に、私たちの若い文化力の敗退であった。私たちの文化が戦争に対して如何に無力であり、単なるあだ花に過ぎなかったかを、私たちは身を以て体験し痛感した。西洋近代文化の摂取にとって、明治以後八十年の歳月は決して短かすぎたとは言えない。にもかかわらず、近代文化の伝統を確立し、自由な批判と柔軟な良識に富む文化層として自らを形成することに私たちは失敗して来た。そしてこれは、各層への文化の普及滲透を任務とする出版人の責任でもあった。

　一九四五年以来、私たちは再び振出しに戻り、第一歩から踏み出すことを余儀なくされた。これは大きな不幸ではあるが、反面、これまでの混沌・未熟・歪曲の中にあった我が国の文化に秩序と確たる基礎を齎らすためには絶好の機会でもある。角川書店は、このような祖国の文化的危機にあたり、微力をも顧みず再建の礎石たるべき抱負と決意とをもって出発したが、ここに創立以来の念願を果すべく角川文庫を発刊する。これまで刊行されたあらゆる全集叢書文庫類の長所と短所とを検討し、古今東西の不朽の典籍を、良心的編集のもとに、廉価に、そして書架にふさわしい美本として、多くのひとびとに提供しようとする。しかし私たちは徒らに百科全書的な知識のジレッタントを作ることを目的とせず、あくまで祖国の文化に秩序と再建への道を示し、この文庫を角川書店の栄ある事業として、今後永久に継続発展せしめ、学芸と教養との殿堂として大成せんことを期したい。多くの読書子の愛情ある忠言と支持とによって、この希望と抱負とを完遂せしめられんことを願う。

一九四九年五月三日

角川文庫ベストセラー

料理番に夏疾風
新・包丁人侍事件帖

将軍の料理番
包丁人侍事件帖①

大奥と料理番
包丁人侍事件帖②

料理番子守り唄
包丁人侍事件帖③

月夜の料理番
包丁人侍事件帖④

小早川　涼

小早川　涼

小早川　涼

小早川　涼

小早川　涼

将軍家斉お気に入りの台所人・鮎川惣介にまたひとつやっかい事が持ち込まれた。家斉から、異国の男に料理を教えるよう頼まれたのだ。文化が違う相手に悪戦苦闘する惣介。そんな折、事件が――。

江戸城の台所人、鮎川惣介は、優れた嗅覚の持ち主。家斉に料理の腕を気に入られ、御小座敷に召されることも。ある日、惣介は、幼なじみの添番・片桐隼人から、大奥で起こった不可解な盗難事件を聞くが――。

江戸城の台所人、鮎川惣介は、鋭い嗅覚の持ち主。ある日、惣介は、御膳所で仕込み中の酪の中に、毒が盛られているのに気づく。酪は将軍家斉の好物。果たして毒は将軍を狙ったものなのか……シリーズ第２弾。

江戸城の台所人、鮎川惣介は将軍家斉のお気に入りの料理番だ。この頃、江戸で評判の稲荷寿司の屋台があるという。その稲荷を食べた者は身体の痛みがとれるというのだが……惣介がたどり着いた噂の真相とは。

江戸城の台所人、鮎川惣介は八朔祝に非番を言い渡された。料理人の見せ所に、非番を命じられ、納得のいかない惣介。心機一転いつもと違うことを試みるが、上手くいかず、騒ぎに巻き込まれてしまう――。

角川文庫ベストセラー

髪ゆい猫字屋繁盛記
忘れ扇
今井絵美子

髪ゆい猫字屋繁盛記
寒紅梅
今井絵美子

髪ゆい猫字屋繁盛記
十六年待って
今井絵美子

髪ゆい猫字屋繁盛記
望の夜
もちよ
今井絵美子

髪ゆい猫字屋繁盛記
赤まんま
今井絵美子

日本橋北内神田の照降町の髪結床猫字屋。そこには仕舞た屋の住人や裏店に住む町人たちが日々集う。江戸の長屋に息づく情をも、事件やサスペンスも交え情感豊かにうたいあげる書き下ろし時代文庫新シリーズ！

恋する女に唆されて親分を手にかけ島送りになった黒岩のサブが、江戸に舞い戻ってきた――!?　喜びも哀しみもその身に引き受けて暮らす市井の人々のありようを描く大好評人情時代小説シリーズ、第二弾！

余命幾ばくもないおしんの心残りは、非業の死をとげた妹のひとり娘のこと。おたみはそんなおしんに心を寄せて、なけなしの形見を届ける役を買って出る。人と真摯に向き合う姿に胸熱くなる江戸人情時代小説！

佐吉とおきぬの恋、鹿一と家族の和解、おたみに初孫誕生……めぐりゆく季節のなかで、猫字屋の面々にも、それぞれ人生の転機がいくつも訪れて……江戸の市井に息づく情を豊かに謳いあげる書き下ろし人情時代小説第四弾！

木戸番のおすえが面倒をみている三兄妹の末娘、まだ4歳のお梅が生死をさまよう病にかかり、照降町の面面は、ただ神に祈るばかり――。生きることの切なさ、ままならなさをまっすぐ見つめる人情時代小説第5弾。

角川文庫ベストセラー

雁渡り
照降町自身番書役日誌

今井絵美子

日本橋は照降町で自身番書役を務める喜三次が、理由あって武家を捨て町人として生きることに決めてから3年。市井に生きる庶民の人情や機微、暮らし向きを端正な筆致で描く、胸にしみる人情時代小説!

寒雀
照降町自身番書役日誌

今井絵美子

刀を捨て照降町の住人たちとまじわるうちに心が通じ合い、次第に町人の顔つきになってきた喜三次。そんな自分に好意を抱いてくれるおゆきに対して憎からず思うものの、過去の心の傷が二の足を踏ませて……。

虎落笛
もがりぶえ
照降町自身番書役日誌

今井絵美子

市井の暮らしになじみながらも、武士の矜持を捨てきれず、心の距離に戸惑うこともある喜三次。悩みや問題を抱えながら、必死に毎日を生きようとする市井の人々の姿を描く胸うつ人情時代小説シリーズ第3弾!

夜半の春
照降町自身番書役日誌

今井絵美子

盗みで二人の女との生活を立てていた男が捕まり晒刑に。残された家族は……江戸の片隅でひっそりと生きる男と女、父と子たち……庶民の心の哀歓をやわらかな筆で描く、大人気時代小説シリーズ、第四巻!

雲雀野
ひばりの
照降町自身番書役日誌

今井絵美子

武士の身分を捨て、町人として生きる喜三次のもとに、国もとの兄から文が届く。このままでは実家の生田家が取りつぶしに……千々に心乱れる喜三次は、十年ぶりに故郷に旅立つ。彼が下した決断とは――?

角川文庫ベストセラー

夕映え（下）	夕映え（上）	通りゃんせ	三日月が円くなるまで 小十郎始末記	雷桜
宇江佐真理	宇江佐真理	宇江佐真理	宇江佐真理	宇江佐真理

江戸の本所の縄暖簾「福助」の息子・良助は、彰義隊の一員として上野の戦に加わるという。無事を祈るおあき達だったが、江戸から明治への時代の激流に、市井に生きる彼らを否応なく飲み込もうとしていた。

江戸の本所で「福助」という縄暖簾の見世を営む女将のおあきと弘蔵夫婦。心配の種は、武士に憧れ、職の落ち着かない息子、良助のことだった……。幕末の世、市井に生きる者の人情と人生を描いた長編時代小説！

25歳のサラリーマン・大森連は小仏峠の滝で気を失い、天明6年の武蔵国青畑村にタイムスリップ。驚きつつも懸命に生き抜こうとする連と村人たちを飢饉が襲い……時代を超えた感動の歴史長編！

仙石藩と、隣接する島北藩は、かねてより不仲だった。島北藩江戸屋敷に潜り込み、顔を潰された藩主の汚名を雪ごうとする仙石藩士。小十郎はその助太刀を命じられる。青年武士の江戸の青春を描く時代小説。

乳飲み子の頃に何者かにさらわれた庄屋の愛娘・遊（ゆう）。15年の時を経て、遊は、狼女となって帰還した。そして身分違いの恋に落ちるが――。数奇な運命を辿った女性の凛とした生涯を描く、長編時代ロマン。

角川文庫ベストセラー

吉原花魁

宇江佐真理・平岩弓枝・
隆慶一郎、平岩弓枝、宇江佐真理、杉本章子、南
原幹雄、山田風太郎、藤沢周平、松井今朝子の名手8
人による豪華共演。縄田一男による編・解説で贈る。

苦界に生きた女たちの悲哀を描く時代小説アンソロジ
ー。隆慶一郎、平岩弓枝、宇江佐真理、杉本章子、南
原幹雄、山田風太郎、藤沢周平、松井今朝子の名手8
人による豪華共演。縄田一男による編・解説で贈る。

咸臨丸、サンフランシスコにて

藤沢周平 他
編/縄田一男

安政7年、遣米使節団を乗せ出航した咸臨丸には、吉
松たち日本人水夫も乗り組んでいた。歴史の渦に消え
た男たちの運命を辿った歴史文学賞受賞作が大幅改稿
を経て待望の文庫化。書き下ろし後日譚も併載。

燃えたぎる石

植松三十里

鎖国下の日本近海に異国船が頻繁に姿を現し、材木
商・片寄平蔵は木材需要の儲け話を耳にする。が、江
戸湾に来航したペリー艦隊には、「燃える石」が燃料と
して渡されたと聞き、平蔵は常磐炭坑開発に取り組む。

妻は、くノ一 全十巻

風野真知雄

平戸藩の御船手方書物天文係の雙星彦馬は藩きっての
変わり者。その彼のもとに清楚な美人、織江が嫁に来
た!? だが織江はすぐに失踪。彦馬は妻を探しに江戸
へ向かう。実は織江は、凄腕のくノ一だったのだ!

猫鳴小路のおそろし屋

風野真知雄

江戸は新両替町にひっそりと佇む骨董商〈おそろし
屋〉。光圀公の杖は四両二分……店主・お縁が売る古
い品には、歴史の裏の驚愕の事件譚や、ぞっとする話
がついてくる。この店にもある秘密があって……?

角川文庫ベストセラー

おんなの戦

司馬遼太郎・澤田ふじ子・
永井路子・新田次郎 他
編/縄田一男

信長の妹・お市とその娘たち浅井三姉妹のほか、北政
所、千姫など、戦国乱世を生き抜いた女たちを描くア
ンソロジー。永井路子、南條範夫、新田次郎、井上友
一郎、司馬遼太郎、澤田ふじ子による豪華6編。

吉原代筆人　雪乃一
色もよう

高山由紀子

吉原で読み書きのできない遊女にかわって文を綴る代
筆屋を営む雪乃。持ち込まれる文の因縁を図らずも解
く内に雪乃の秘密も少しずつ明らかになっていく。人
情、色恋、謎解き全てが詰まった傑作時代小説！

吉原代筆人　雪乃二
みだれ咲

高山由紀子

すべてを奪った火事の真相を探るうちに、不可解な事
件に巻き込まれる代筆人の雪乃。苦酷な人生に向き合
い、したたかにみだれ咲く遊女たちに助けられ、真実
に迫る雪乃の活躍を描く大人気謎解き長編第二弾！

吉原代筆人　雪乃三
繚乱の海

高山由紀子

愛する夫に会いたい。それだけを望む雪乃だったが、
花魁道中の豪奢な衣装に目をつけ禁制品摘発を進める
幕府と密貿易組織との抗争に巻き込まれ命を狙われ
る。全ての謎が解き明かされる人気シリーズ第三弾。

花魁くノ一

高山由紀子

代筆人として遊女のために恋文を綴る雪乃は、角町の
貞女から十両の大金の送金を頼まれる。貞女の必死
の願いに、ことわりきれなかった雪乃。だが、二日
後、貞女が遺体で発見されて……。

角川文庫ベストセラー

とんずら屋請負帖
田牧大和

「弥吉」を名乗り、男姿で船頭として働く弥生。船宿の松波屋一門として人目を忍んだ逃避行「とんずら」を手助けするが、もっとも見つかってはならないのは、実は弥生自身だった――。

とんずら屋請負帖 仇討
田牧大和

船宿『松波屋』に新顔がやってきた。船頭の弥生が女であること、裏稼業が「とんずら屋」であることは絶対に明かしてはならない。いっぽう「長逗留の上客」丈之進は、助太刀せねばならない仇討に頭を悩ませて。

乾山晩愁
葉室麟

天才絵師の名をほしいままにした兄・尾形光琳が没して以来、尾形乾山は陶工としての限界に悩む。在りし日の兄を思い、晩年の「花籠図」に苦悩を昇華させるまでを描く歴史文学賞受賞の表題作など、珠玉5篇。

実朝の首
葉室麟

将軍・源実朝が鶴岡八幡宮で殺され、討った公暁も三浦義村に斬られた。実朝の首級を託された公暁の従者が一人逃れるが、消えた「首」奪還をめぐり、朝廷も巻き込んだ駆け引きが始まる。尼将軍・政子の深謀とは。

秋月記
葉室麟

筑前の小藩、秋月藩で、専横を極める家老への不満が高まっていた。間小四郎は仲間の藩士たちと共に糾弾に立ち上がり、その排除に成功する。が、その背後には本藩・福岡藩の策謀が。武士の矜持を描く時代長編。

角川文庫ベストセラー

散り椿

葉室　麟

かつて一刀流道場四天王の一人と謳われた瓜生新兵衛が帰藩。おりしも扇野藩では藩主代替りを巡り側用人と家老の対立が先鋭化。新兵衛の帰郷は藩内の秘密を白日のもとに曝そうとしていた。感涙長編時代小説！

密通　新装版

平岩弓枝

若き日、嫂と犯した密通の古傷が、名を成した今も自分を苦しめる。驕慢な心は、ついに妻を験そうとするが……表題作「密通」のほか、男女の揺れる想いや江戸の人情を細やかに描いた珠玉の時代小説8作品。

江戸の娘　新装版

平岩弓枝

花の季節、花見客を乗せた乗合船で、料亭の蔵前小町と旗本の次男坊は出会った。幕末、時代の荒波が、恋に落ちた二人をのみ込んでいく……「御宿かわせみ」の原点ともいうべき表題作をはじめ、計7編を収録。

千姫様

平岩弓枝

家康の継嗣・秀忠と、信長の姪・江与の間に生まれた千姫は、政略により幼くして豊臣秀頼に嫁ぐが、18の春、祖父の大坂総攻撃で城を逃れた。千姫第二の人生の始まりだった。その情熱溢れる生涯を描く長編小説。

大奥華伝

編／縄田一男　平岩弓枝・永井路子・松本清張・山田風太郎他

杉本苑子「春日局」、海音寺潮五郎「お万の方旋風」「元禄おさめの方」、山田風太郎「矢島の局の明暗」、笹沢左保「女人は二度死ぬ」、平岩弓枝「絵島の恋」、松本清張「天保の初もの」、永井路子「天璋院」を収録。